COLEÇÃO

VIAGENS NA FICÇÃO

Chiado Editora

www.chiadoeditora.com

Um livro vai para além de um objeto. É um encontro entre duas pessoas através da palavra escrita. É esse encontro entre autores e leitores que a Chiado Editora procura todos os dias, trabalhando cada livro com a dedicação de uma obra única e derradeira, seguindo a máxima pessoana "põe quanto és no mínimo que fazes". Queremos que este livro seja um desafio para si. O nosso desafio é merecer que este livro faça parte da sua vida.

www.chiadoeditora.com

Portugal | Brasil | Angola | Cabo Verde
Conjunto Nacional, cj. 903, Avenida Paulista 2073,
Edifício Horsa 1, CEP 01311-300 São Paulo, Brasil

Avenida da Liberdade, N.º 166, 1.º Andar
1250-166 Lisboa, Portugal

Chiado Editorial
Espanha
Paseo de la Castellana, 95, planta 16
28046 Madrid
Passeig de Gràcia, 12, 1.ª planta
08007 Barcelona

Chiado Éditeur
França | Bélgica | Luxemburgo
Porte de Paris
50 Avenue du President Wilson
Bâtiment 112 La Plaine St Denis
93214 Paris

Chiado Publishing
U.K | U.S.A | Irlanda
Kemp House 152 City Road
London EC1CV 2NX

Chiado Verlag
Alemanha
Kurfürstendamm 21
10719 Berlin

E-mail: info@chiadoeditora.com

Título: Dia de sol em tempo de chuva
Editor: Mayara Facchini
Composição gráfica: Maria do Rosário Costa – Departamento gráfico
Capa: José Serrano
Revisão: Beto Arreguy
Impressão e acabamento: *Chiado Print*
1.ª edição: Dezembro, 2015

ISBN: 978-989-51-5589-7
Depósito Legal n.º 398081/15

Clara Arreguy

Dia de sol em tempo de chuva

Chiado Editora

Portugal | Brasil | Angola | Cabo Verde

O senhor quer crer que meu filho Zezé já andou de aeroplano? Ah pois. O Zezé é um batuta, mesmo. A mãe mimava o caçulinha, mas quando precisamos que ajudasse, lá foi o gajo a trabalhar no bazar, para possibilitar que retirássemos os aviamentos para descontar no pagamento dele, no fim do mês. O senhor Plínio pensa que foi um segundo pai para ele. A dona Adolfina se sentia a própria segunda mãe. Nada disso: o primeiro, o único, eu. Mãe, somente a Sinhá.

Leio a lírica de Camões. O Zezé também, mas descobriu agora outros poetas da terrinha. Uma tal Florbela, o Pessoa que todos endeusam. Eu costumava ler Bocage, mas isso foi em outros tempos, ainda em Portugal. Hoje sou fiel a Camões.

"Luís Vaz de Camões,
Grande poeta português,
Enxergava mais com um olho
Do que nós com todos três..."[1]

Assim são meus filhos, assim somos em casa: uns pândegos.

Sinhá, onde estás? Mariquita, traz minha sopa! O pão já chegou. Já o apanhei na janela, onde o deixou o padeiro. Um patrício muito amigo do dinheiro – amigo demais, para o meu gosto. Nem às paredes confesso o passado de livre pensador, mas lá estava eu, nas ruas da capital do Brasil, andando atrás dos desfiles daqueles anarquistas, anarcossindicalistas. Fazendo parte das organizações de classe, timidamente seguindo passeatas, pude me estabelecer neste país tão belo.

Belo que seja não se compara à terrinha. Meu Mondego, meu Dão, por onde corri moço atrás de sonhos e ideais, atrás de pernas roliças, de tenras carnes, atrás de algo mais que carneiros e vinhas, que agulhas e tesouras, qual o quê. Em busca da biblioteca que me desse o Eça, que me desse o Bocage sem censura. Pai e mãe nunca entendiam, nunca entenderiam. Sempre às voltas com cortar e coser. Irmãos tão toscos, sempre em volta do fogo contabilizando plantio e colheita, e eu querendo o mundo.

Olha o Zezé com o mesmo fogo a lhe queimar o peito, a arrepiar o queixo, a encetar o olhar rumo afora, a longe, a horizontes que a família não contém. O Zezé e o Ulisses. Nada de agulha e linha. Não querem saber do ofício de família. Perseguem letras e números. Lá vai o Zezé a tripular aeroplano, a cavalgar maria-fumaça rumo ao mundo. Não te vás, Zezé, preciso que me faças uns mandados. Que vás à porta do cinema vender os pastéis que tua mãe preparou. Precisamos de uns trocados para completar o orçamento do mês.

Não, os fregueses não pagaram os fatos que lhes fiz. Ou ternos, que seja. Pois que eram gente de posses! Pois mesmo assim não pagam. Não sabes que nunca pagam? Que de nada adiantou troçares em versos – "quando for buscar a roupa não se esqueça do dinheiro" – que fingem não ler à portinha por onde entregamos fraques e casacas de fino corte? Todos iletrados na hora de enfiar a mão ao bolso. Analfabetos na algibeira, míopes na carteira.

Por que a Sinhá não frita mais pastéis? Diz que os miúdos ficaram a comê-los todos, antes mesmo de chegar ao Cine Central, e que, ao lá terem, por lá ficaram, penetrando às escondidas do senhor Alfredo, proprietário, porteiro e bilheteiro. Que decerto consentiu no malfeito... Pois sempre sabe quem pagou, quem não pagou, como nós na alfaiataria. Sempre sabe que os miúdos da dona Sinhá e do senhor João Português nunca assistiriam a uma fita seriada se não aplicassem pequenos e inocentes estratagemas para penetrar naquela sala escura.

Ó Zezé, deixa de ser tolo, não vês que são tudo sombras? Nada ali é realidade, mas os nossos rapazotes, não sei a quem puxaram, sonham com musas mudas, entrevendo canelinhas maliciosas, imaginando-se no lugar daqueles grandes janotas a roubar-lhes beijos pretensamente fogosos, pura encenação da maior sem-vergonhice. Que nada! Teatro de sombras, ilusões fabricadas...

"Quem canta seu mal espanta,
Quem chora seu mal aumenta.
Eu canto pra aliviar
Uma dor que me atormenta."

A Sinhá deveria fritar mais pastéis, vai chegar um comboio da capital. Depois de tanta baldeação, alguém há de descer faminto e os miúdos podem usar de toda a lábia que não sei onde aprenderam para faturar o complemento do dinheirinho do aluguel. Estamos apertados este mês. O ordenado do Aníbal ainda não entrou e o adjutório que o Ulisses ficou de mandar ainda não chegou.

Não, nem pensar em recorrer ao sogro. O Capitão deve arrepender-se até hoje de ter consentido o casamento da sua filha tão prendada com um imigrante tão pé-rapado. A Sinhá estudada, cheia de predicados à cozinha, ao piano, mãos de fada no coser e no bordar, mãe extremosa, tão lida e de bela escrita, letrinha miúda, o que viu no alfaiate português? O porte garboso que inventei para impressioná-la? Os olhos esverdeados e o nariz portentoso, certamente vindos de algum antepassado suspeito, de nome suspeitosamente calcado em fenômenos da natureza?

Obrigado, Sinhá, por me teres aceitado pobre, sem recursos e sem futuro, despojado de passado familiar faustoso. Obrigado por me teres presenteado com tantos e tão valorosos miúdos, os três rapazotes que tanto nos ajudam, as duas moçoilas tão prendadas e promissoras quanto a mãe. Professoras! Ilustradas, com vida rica pela frente... Não conta a ninguém, Sinhá, que já éramos entrados em anos quando nos casamos. Não para mim. Tua idade já avançada, minha idade quase provecta, apenas nos prepararam para a construção serena da vida a dois. Valeu esquecer amores juvenis e aguardar a tua chegada na minha vida. Onde estás, Sinhá? Onde?

Mariquita, o pão já chegou? Está na hora de passar o padeiro, mas aquele português sovina nunca acorda na hora certa. Traz minha sopa, Mariquita, que estou com fome, e assim que o pão chegar quero molhar a casca torradinha no caldo que me aquecerá as lembranças. Pede ajuda àquela mulatinha atrevida que passa a rebolar para lá e para cá, sem respeito aos mais velhos e sem temor ao recato.

Não viste a chuva que caiu forte esta madrugadinha? Vinha eu da lida na quinta, a esfregar mãos calosas do cuidado com as vinhas, quando desabou a tribuzana. Confesso que remoía melancolias. Amores infaustos. Na cabeça, o som dos pensamentos em que recitava aquele soneto de Camões, claro.

"Alma minha gentil que te partiste
tão cedo desta vida descontente,
repousa lá no céu eternamente
e viva eu cá na terra sempre triste."[2]

Antes mesmo de chegar ao "assento etéreo", pingos grossos já me golpeavam o rosto. Não viste que parei embaixo da pereira, a contar tempo para seguir? Que voz surda se fez ouvir em meu peito que saí dali a correr pela chuva? Não viste, ao olhar para trás, o raio a se lançar sobre a pereira, não deixando pera para contar história?

Foste tu, Sinhá, que me segredaste o raio? Que me mandaste sair dali às carreiras? Não existias na minha vida, bem sei. Nem existes mais. Minto! Veementemente nego. Existes, estás ao meu lado sempre, ouço-te a voz a cantarolar a valsinha que ensaiavas ao piano quando de primeiro te vi. Preparaste-me café novo? Quem está aí? És tu, mulatinha, a se passar por Sinhá? Como assim não existe Sinhá? Mariquita, tira daqui esta insolente da Benigna, que se achega com ares de sinhá a zombar da minha saudade!

Só rindo da confusão. A Benigna era a mucama dos miúdos, não tem culpa do esquecimento de um velho gagá. Volta aqui, oh morena brasileira. Vem cantar-me um samba para eu esquecer das valsas de quem me encantou. Nunca mais repitas que faz trinta anos que sou viúvo. Hoje mesmo ouvi da Sinhá a voz suave a encomendar aviamentos para bordar monogramas nos paninhos do enxoval da pequena Zélia. Morreu? Confundi. Era da pequena Lola. Casou-se e já tem dois filhos? Ah pois.

Mariquita, agora quem está a troçar e a confundir és tu. Aqueles miudinhos são teus irmãos menores, a Zélia e o Zezé. Doentinha, a Zélia, virou anjinho. Não virou? Não é a Zélia? Onde está o Zezé? Acode o Aníbal que está escalando a torre da igreja. Lá vai o putinho saltitando entre a mangueira e a goiabeira. Sobe e desce, trepa em qualquer altura. Segura, Ulisses, não deixa o Aníbal. Não sabes que é fraco do juízo? Se cair vai dormir durante semanas e pode até ficar prejudicado. Já ficou? Para com isso, Mariquita, para de inventar e traz minha sopa.[3]

Quanto barulho, Senhor! A chuva que cai grossa, os pingos a me acertar, o raio a transformar em tição a pereira onde tantas doces peras colhemos para Mamã. Não, Mamã, não volto. Não fico para a oficina de costura. Não disputo a clientela com Papá nem a quinta com os primos. Não os verei mais, senão em sonhos. Daqui me vou, deixo São Miguel de Pinheiro d'Ázere, não volto a Santa Comba Dão. Procuro uma biblioteca em Coimbra, uma posição em Lisboa, um navio a me lançar ao mar. À África, ao Brasil, aonde os ventos me levarem. Navegar é preciso, Mamã. Atravessar o mar oceano em busca da terra nova, do novo homem, da liberdade, do livre pensar. Aprendo outro ofício. Não volto por herança. Escrevo-te quando me estabelecer.

Do velho pouco se sabe. Dizem que deixou posses, quintas, vinhedos, o lagar onde o azeite mais puro se produz às margens do Dão. Mas não é pela herança que subo o Mondego rumo a Santa Comba. Preciso encontrar a história. O que queria o jovem João, o elegante e jovial João, ao descer o caminho que agora refaço em busca da sua história? Partia tristonho, a remoer sonetos d'amor, ou assobiava baixinho um fado, um vira, uma modinha modernosa do final de século dezanove?

Na minha terra não tinha mais o que fazer. Do futuro desisti há tempos. Quero mais o passado, o chão percorrido, à procura de entender o meu velho, o velho do meu velho. O que queriam eles ao bater asas sempre jovens, sem grilhões a acorrentá-los a família, propriedades, tradições a perpetuar? O João rapazinho, sei, namorou o socialismo, me confidenciou meu pai. Só se converteu ao catolicismo ao se apaixonar por minha avó, já em São Paulo do Muriaé. Mas teria ele de fato se convertido? Tenho cá minhas dúvidas. Ser católico era condição exigida de um imigrante pobre, alfaiate de ofício, sem oficina e sem freguesia, para conquistar o coração e a mão da filha do Capitão. Do dono do cartório. Do herói da Guerra do Paraguai.

Procuro as pistas do velho João, do moço João, para voltar ao Brasil e fazer justiça à sua memória. Morreu velho e caduco, passava os dias a buscar o pão à janela, a beliscar a bunda da empregada, ninguém lhe dava importância, mas sei que a teve, e aqui estou, pedalando à beira do Mondego. Comecei a pedalar no litoral, em Figueira da Foz, e vou, vou, vou até onde me levar o rastro da sua história.

Saí de Lisboa de trem, rodeei Cascais, encetei minha bússola para o norte. Destino: Santa Comba Dão. Pinheiro de Ázere. Terra de Salazar, triste memória para um comunista como eu. O grande ditador, o homem que simbolizou o regime obscuro a manter o tacão sobre o povo do meu querido Portugal durante quase todo o século XX. Mas João não foi embora por causa do salazarismo. Trinta anos antes já se havia despachado para o novo continente, e quando a ditadura se instalou já era marido da doce Sinhá, com quem teve cinco filhos.

A doença me trouxe a essas terras. Não tenho muito tempo nem muita saúde. Sara, minha médica, minha querida, amada, adorada, idolatrada oncologista, não queria que eu viesse de jeito nenhum. Mandou fazer quimioterapia. Garantiu que eu daria conta. Não vou. Ou, pra embarcar na lírica lusitana que tanto seduzia meu pai e meu avô, "não vou por aí", no verso antológico do José Régio. Digo não. Nasci e cresci dizendo não, não vai ser na hora da morte que vou assentir sem resistência.

Não à químio, à rádio, a qualquer processo que me destrua, me faça definhar em nome da salvação. Quero morrer de repente, sem tempo de me despedir. Enquanto houver forças, pedalo Mondego acima, até atingir Coimbra. Se de Coimbra houver estrada, é pra lá que vou. Por enquanto, cruzei três pontes enormes, quase me perdi tentando evitar a autovia, mas consegui encontrar o rumo ladeando a linha do trem e a beira do rio. Passei por uma enorme usina termelétrica, onde as cegonhas fazem ninho no alto das torres de transmissão. Agora vejo apenas vales férteis de uma baixada sem fim. As largas margens de águas profundas que recebem uma prova de canoagem. O que terá visto o jovem João quando chegou a esse ponto?

Não me lembro direito do meu tempo no Rio de Janeiro. Tempos difíceis, de muita pobreza. Até fome passei. Enquanto não conheci os operários da fábrica de tecidos, mal tive onde me abrigar. Só não havia frio. O Rio de Janeiro já era quente e abafado naquela época. Por sorte, travei conhecimentos no navio, o que me permitiu encontrar a pensão onde pude ficar devendo o do teto enquanto furava buraco em obras de rua, até começar a trabalhar como tecelão. Mas não fui feliz ali. Não esquecia o que vim esquecer da terrinha, amores e ilusões perdidas, e só me salvou o convite de um companheirão que conheci no navio e que reencontrei anos depois. Foi ele, que viria a ser parente, por ser primo da minha amada Sinhá, que me apontou o destino e o futuro: São Paulo do Muriaé.

"Sou do Minho, sou minhoto,
Sou filho da minhoteira,
Espero-me casar
Com uma menina da Beira"

Para quem vinha das friagens europeias, não poderia me queixar. Do quentíssimo Rio de Janeiro fui parar na calorenta Zona da Mata mineira, terra de ar parado e zumbidos de mosca a marcar as lentas horas do relógio. Mariquita, o pão já chegou? Aqui, entretanto, tinha o que mais saudade me dava: o rio largo, o Muriaé, a me trazer de volta o Dão. Ó, Zezé, podes imaginar a alegria do velho português a primeira vez que foi pescar às margens do rio? Desse mesmo rio que desafias ao saltar do galho grosso aos gritos de um tal Tarzan? Ó, Aníbal, não subas na galhada mais alta, saltes do baixo mesmo, vais acabar caindo e perdendo o juízo de vez.

Ulisses, leva os miúdos a banhar no rio. Quero que todos aprendam a nadar, que todos se acostumem ao sol. As meninas também, mas bem protegidinhas. A Sinhá fez para elas camisolões apropriados ao banho de rio. Água e sol, que temos com fartura, farão bem à saúde das mirradinhas. A Zélia precisa de ar fresco. Levem a Zélia. A Zélia não? Por que não? Chamem o Cristino, ele ajuda. A Benigna ajuda. Sai daqui, insolente, vai levar a criançada a se banhar no rio. Aproveita o rio, Zezé. Lola, veste o camisolão e vai. Mariquita, cuida dos menores.

O Zezé e suas modernidades. Trocou o gramofone velho por uma vitrola novinha. Diz que se chama Electrophone Philips, o senhor quer crer? E põe a tocar a amada Adélia, a Amália, com os lamentos da terrinha naquela voz de saudade. O "Barco negro", a "Mouraria", fados de segredo e ciúme... Esse meu filho sabe arrancar do velho pai uma lágrima, e logo devolver-lhe o sorriso com um chiste, uma boutade...

"Eu sei, meu amor, que nem chegaste a partir,
pois tudo ao meu redor me diz que estás sempre comigo..."[4]

Todos eles tão cônscios, tão corretos, apesar da perda da mãe tão jovem... Minha doce Sinhá, não te vás, espera que eu vá contigo... Foi-se, a malvada. Não se foi. Não se foi. Tudo ao meu redor me diz que estás sempre comigo. Terá sido a partida do Ulisses a te partir o coração? O pobrezinho serviu o Exército, depois aceitou colocação em Carangola para iniciar a vida de adulto, e tu a te lamentares, a lhe enviares cartas molhadas de lágrimas de mãe saudosa nem bem se emancipou a cria. A festejares com uma cervejinha o retorno ao lar do primogênito que ganhava a vida como balconista logo ali, a menos de cem quilômetros de casa.

Bendito feriado quando lhe corria a abraçar o queridinho, já de namoro firme com moça boa de Carangola. Como se casou, Mariquita, pois se ainda ontem ficou noivo da Lídia? Já lhe nasceram quatro miúdos? Cinco? Dez? Esse não nega a raça... E à primeira lhe chamou Alice, como a mãe. Avó? Que confusão! E ao mais velho lhe chamou António, como o avô, que rico! Bisavô? Estou deveras a envelhecer...

Ai, dor, não me venha perturbar agora que desfruto o mais espetacular dessa viagem de sonho pelos meandros do Portugal ancestral. Devo ter exagerado, mas a estradinha à beira-rio era tão encantadora, tudo plano, exigindo pouco esforço do ciclista, que me distraí a contemplar e sonhar, lembrando do que nunca vivi, pensando no jovem João a descer o que eu subia sem exata noção do que viria pela frente – nem ele nem eu, pra ser sincero.

Da minha parte, sei que tem Coimbra logo ali. Evito autoestradas, tráfego, movimento, mas gente é o que não falta no mundo. E, entre uma parada e outra pra me abastecer de sucos e barras de cereal com chocolate, converso com um, converso com outro. Experimento *in loco* a hospitalidade e a amabilidade de um povo irmão, com uma suave cantoria num raio d'língua que eshtou a compreendeire tudo.

Foram pouco mais de cinquenta quilômetros, mas acho que passei da conta. Sinto dores, e não é cansaço do pedal. Me doem o pescoço e o ombro, logo ali onde o coiso enviou seus tentáculos. Metástase. Mas vou dar conta. Não vou parar no hospital por causa de uma dorzinha besta. Tenho meus comprimidos que a amada idolatrada oncologista me deu "por se acaso". Durmo.

Abro o olho e vejo tudo branco. Imaculadas paredes e assépticos lençóis de hospital. Me dizem que é Coimbra.

Hospital Universitário. Ah, já estive na Universidade de Coimbra não tem muito tempo. Foi naquele encontro ibero qualquer coisa, vim representando a entidade da Federal mineira. Aqui são todos meus amigos. Colegas e companheiros de luta. Todo mundo me conhece. É senhor João pra cá, senhor João pra lá. Quando sair, vou pagar uma rodada de chope pra toda a equipe. Principalmente aquela enfermeira gostosa que me chama de senhor João como se fosse a própria Teresa Salgueiro. Ó Madredeus, cante no meu ouvido, mas não me venha sedar que tenho uma missão a cumprir. Preciso chegar a Santa Comba Dão.

O que queres com o Salazar?, pergunta a Teresa Salgueiro, sorrisos lânguidos. Quero com o João, Teresa Salgueiro.

"Volta no vento, ó meu amor, volta depressa, por favor..."[5]

Ela diz que João sou eu, pensa que deliro. Sei que sou João, Teresa Salgueiro, mas quero com o jovem João, o que desceu o Mondego há cento e vinte anos. Aí que ela pensa que estou delirando com força. Mandaram chamar minha família. Não vem ninguém, tenho certeza. Val e eu não nos falamos desde o divórcio. Maíra brigou comigo, saiu de casa e se casou com aquele fascista. Me detestam, o velho esquerdista babão vermelho comedor de criancinha, sem futuro nem perspectiva. Não me deixam nem me aproximar da minha neta. A menina cresce distante, sem afeto de avô. Ninguém virá.

Fecho os olhos. Quando abro, olha quem entra porta adentro neste Hospital Universitário de Coimbra, esbaforida e com olhos vermelhos? Maíra. Diz que veio me buscar, que vou voltar pro Brasil, me tratar e me curar. Não me faça chorar, filha, Papai te perdoa. Ah, você é que perdoa o Papai? Tá bom, mas não vou voltar antes de cumprir minha missão. Não, não estou louco. Estou apenas tentando resgatar o que perdi. Do meu pai. Que nem você. Rompe com o pai, só gosta do avô. Só volto com uma condição. Você aceita, filha? Termina a missão pro Papai? Encontra o jovem João em suas raízes? Me devolve meu avô e minha neta? Então tá. Caio em coma.

Sei que chegou tarde porque, do meu quarto, ouvi o "pé cá pé lá" em direção ao quartinho dos homens. Sem querer, deixou cair um pé da bota, plaft suave no chão. Deve ter tirado o outro suavemente, porque um minuto se passou, outro também, e nada de vir o segundo plaft. Resmungo de cá: "Não vais tirar a outra bota, infeliz?" E o Zezé cai na gargalhada. É assim nosso menino, não é não, Sinhá? Deus te abençoe, filho de uma santa.

Adivinhações, charadas, trava-línguas, trovas, tudo esse sacripanta aprendeu comigo. Nada que preste. E poesia. E contas e números. Tabuada. Cabeça boa. Ajuizado igual ao Ulisses. O Aníbal não, sem juízo. Inteligente, mas cabeça de vento. Deve ser por isso que está sempre trepando nas coisas. Nas árvores, nos muros, na torre da igreja. Sobe o morro do cemitério a procurar sei lá o quê. Achou caveira, chegou com uma em casa, disse que era Shakespeare.

Onde é que esses doidivanas aprendem tanta coisa? Decerto na biblioteca do meu sogro, o Velho, o Capitão. Que tem tudo, livros e armas. Adora mostrar aos netos. Ensinar-lhes as boas leituras. Quem se esbalda é o Zezé. Veio de lá com um volume grosso embaixo do braço, *Os miseráveis*. Papai, o Jean Valjean isso, o Dreyfuss aquilo, a boca cheia de saberes. Não sabe o quanto orgulha o velho pai. O senhor quer crer que até em inglês e francês ele lê? Enquanto os irmãos admiram a espada do herói de guerra, o caçula enfia a cara nos livros. É Victor Hugo, é Dante, é Cervantes.

"Você garoto bonito,
Que só pensa em namorar,
É bom pegar no livro
E começar a estudar."

Mas tivemos que tirá-lo do estudo após o grupo escolar. Precisávamos dele no bazar com o senhor Plínio. O outro adorou. Mais um para apontar o tal do jogo do bicho, para atender no balcão, organizar estoque, fechar o caixa. E o sem-vergonha do meu filho, pensa que achou ruim? Também se diverte na praça, vendo passar as moçoilas... Ó Zezé, és mesmo da pá-virada. Onde estás, com tuas botas de uma perna só, tarde da noite? Por que não apressas a Mariquita com essa sopa de galinha, ai que fome, que frio, que barulheira...

O risco, o molde, o corte, aprendi tudo com meu pai. Minha mãe também era exímia costureira, mas os fatos, está bem, falarei como no Brasil, os ternos, esses têm segredos que só o bom alfaiate possui. Tirar medidas, riscar o pano, dobras e marcas não são coisa que se faça de orelhada. É preciso molde, ciência e mãos firmes. A elegância do talhe, essa veio comigo de Portugal. Trouxe do treino junto ao velho António.

Não, as desavenças vieram depois. Nunca me interessei pelos vinhedos ou pelo lagar, embora aprendesse com tios e primos as artes de plantar e cuidar das vinhas, colher e pisar as uvas, administrar os olivais e produzir o melhor azeite. Há gerações nossa família reproduz a ciência dos antepassados nessas culturas e indústrias. Mas a profissão de pai e mãe eram as tesouras, agulhas e linhas, segui com eles esse destino. O destino de bem vestir os outros e ficar a ver navios na hora de receber...

Pinheiro d'Ázere, minha pequena cidade, não te sinto falta, pois te trago no peito, nos olhos e na mente, sempre viva e presente. Me saberia bem retornar e rever os caminhos entre oliveiras e parreiras, mas não há mais António nem Maria da Piedade. Sei que ainda deve haver os tios Francisco e José, as tias Emília e Júlia, já viúvas. Morreram Joaquim e Conceição. Notícias, o primo João mas dá. Primo João é meu sobrinho. Promete vir me visitar. Como já veio, Mariquita, e ninguém me chamou? Esteve por cá um mês inteiro? Primo João, volta, vem me ver com notícias da terrinha. Como está o Dão, mais aquoso, piscoso e formoso do que nunca?

Lembra, primo, de quanto pescávamos à beira do Dão, no caminho de Viseu? Lembra que seguíamos a linha do comboio e descíamos às margens do nosso oceânico ribeiro? Primo João, o outro, sonha com o dia em que vão fazer uma barragem com as águas do Mondego e do Dão para produzir energia elétrica. O senhor quer crer que em minha terra as águas do rio são tão caudalosas que poderiam abastecer todas as cidades do concelho de Santa Comba Dão e ainda virar eletricidade para levar postes de luz a todo o distrito de Viseu? Pois agora é assim: qual lampião qual nada, estamos na idade da luz elétrica!

– Pai, assim que você melhorar vou te levar de volta pro Brasil, ok? Descobri que você tem uma oncologista, a doutora Sara, que não só está cuidando de você como está indignada com sua viagem pra Portugal contra as recomendações dela.

– Ela exagera, é louca por mim.

– Sei, apaixonada. Acredito. Ela tá brava, conversou com a equipe daqui do Hospital Universitário e depois comigo. Disse que você é doido varrido, mas sortudo. Que está nas melhores mãos em que poderia cair. E mais: como é servidor da universidade, não terá custos a pagar, a não ser o excedente, que vira uma conta a ser enviada pelo correio pra sua casa. Dá pra acreditar? Os euros gastos em telefonemas vão ser cobrados no Brasil daqui a sei lá quanto tempo! Agora falando sério. A situação é a seguinte: repouso absoluto até melhorarem as dores. É possível começar a químio aqui, mas isso só se você autorizar.

– Você vai poder ficar comigo?

– Por poucos dias, sim. O Jonathan se vira com a Stephany uma semana.

– Você jura que pôs o nome na minha neta de Stephany?

– Não começa, pai. A gente já discutiu isso quantas vezes? Entendo que você está com um problemão, mas vamos ser razoáveis e encontrar a solução?

– O fascista te deu dinheiro pra viajar?

– O Jonathan tem posses e defende a livre iniciativa, não é fascista. Eu não gosto de pedir, nem conto com a grana dele, mas num caso como esse, em que recebo um telefonema internacional me avisando que meu pai está em estado grave num hospital público de Portugal, ele mesmo ofereceu a passagem e uma semana de folga pra eu vir.

– Um santo, esse seu marido. O que a Sara falou?

– A doutora disse que você se recusa a se tratar e que fugiu da quimioterapia.

– Ela contou como é linda? Estou tentando pegar ela, mas não vou fazer o que ela tá mandando. Prefiro morrer.

– Bom, então o papo é reto. Quer morrer, vou embora. Não vou ficar assistindo a essa palhaçada. Você já aprontou demais quando eu era pequena e não tinha pra onde correr.

– Calma, filha, tô brincando. Não vá embora. Me ajude.

– Opa! É a primeira vez, em meus trinta anos, que ouço essas palavras. Não vá embora. Me ajude. Então não é super-homem, não se basta sozinho, precisa de alguém!

– Ok, mereço todas as ironias, mas capitulo. Preciso da sua ajuda pra chegar à terra do meu avô e descobrir umas coisas. Não posso morrer enquanto não resolver essas paradas. Você me ajuda?

– Você vai se tratar?

– Tenho opção?

– Tem duas: químio aqui ou químio no Brasil.

– Aqui. Quando começa?

– Deixa melhorar da dor, mais um dia ou dois, que recebe a primeira aplicação. Como eu disse, você tem sorte demais. Aqui eles desenvolvem umas pesquisas na área de oncologia e estão exatamente testando uma químio menos desgastante pro organismo. A proposta é evitar ao máximo os efeitos colaterais dolorosos.

– Fica careca?

– Ah, fica.

– Ok, deixei de ser cabeludo quando terminou a década de setenta, mesmo.

– Enquanto isso, posso te ajudar em relação ao meu bisavô. Qual é o plano? O que você tanto quer saber?

– Vou te explicar aos poucos. Estamos muito perto de Santa Comba, a terra do Vovô João, o alfaiate. De bicicleta, como eu queria fazer, daria um dia inteiro de pedal. De carro são sessenta quilômetros, uma horinha. Dá pra ir pela autoestrada, mas eu vinha por umas vias alternativas, margeando o Mondego, o grande rio, você deve ter visto.

– Vi sim, que maravilha! Passei por cima dele na autoestrada. Bom, a sorte é que Portugal é pequenininho, tudo é perto.

– Nada, tem lonjura por aqui também. Santa Comba é a cidade principal, como se fosse a sede do município. Pinheiro de Ázere, o distrito, que aqui se chama freguesia, fica pertinho e é de fato o local onde a família viveu. Vive. Viveu, sei lá. Sei que temos primos distantes, mas não tenho contato com nenhum deles. Precisava chegar lá e descobrir.

– Descobrir o quê, pai?

– Quem foi o jovem João.

– Só isso? Não foi o alfaiate, o pai do Vovô Zezé, o avô do meu pai? O que mais você quer saber?

– Quem foi o jovem João, Maíra, você não entende? O jovem João, o rapaz que desceu o Mondego e foi parar no Brasil. O rapaz que tinha sonhos socialistas, rompeu com a família e foi construir o futuro no Brasil. Por que ele fez isso? Que desavença foi essa? Por que o Brasil e não a África, outro país europeu, como tantos na sua época? Por que Muriaé? Por que tudo?

– Lá vem você com toda essa merda comunista mais uma vez. Sua família era católica, pai, seu pai era congregado mariano, seu avô foi integralista, não tem nada de sonhos socialistas. Que velho mais burro que você virou!

Tá doente, mesmo, e fora da casinha. Vou te interditar, te internar numa clínica psiquiátrica daquelas de choque elétrico e camisa de força.

– Vai ser legal, na testa os eletrodos do choque, no braço o cateter da quimioterapia, você cantando salmos ao meu lado, meu genro mandando apagar cigarro na palma da minha mão, eu topo. Você tem cada ideia genial. Bora lá, vai ser mais divertido do que ficar aqui deitado vendo a Teresa Salgueiro rebolar pra lá e pra cá.

– Quem é Teresa Salgueiro?

– A cantora do Madredeus, mas isso é muita sofisticação pra você, Maíra. Deixa pra lá.

– Prometo que procuro no YouTube essa banda. Só pode ser rock português. Agora descansa. Vou dar uma volta.

Vou te confessar uma coisa, minha filha. Sua mãe e eu, quando nos casamos, já não éramos jovens. Ela já ia para os vinte e oito anos, e eu, para os trinta e dois. Não se casava mais nessa idade, mas o Velho consentiu o namoro quando percebeu que não seria justo deixar no caritó a sua primogênita, que não havia encontrado um bom partido e que ficara ao lado dele cuidando dos irmãos mais novos desde a morte da dona Elisa.

A Marocas mesmo a tratava como segunda mãe. Sim, a tua tia Marocas, a caçulinha do Capitão e da dona Elisa. Tua boa avó finou-se cedo, como a minha Sinhá, que me deixou o Zezé ainda meninote. Confuso, Lola, achas mesmo que estou confuso, que o Zezé já era homem feito quando a minha amada Sinhá se foi? Que já até trabalhava no bazar? Pois se ele trabalhou no bazar desde sempre para nos ajudar... Lola, tu é que estás confusa, filha. Ou pensas que não sei que andas de namorico com aquele italiano? Tu te lembras da avó Elisa? Tu já eras nascida quando me casei com a Sinhá?

Casamo-nos velhos, mas Deus nos concedeu a ventura de ter filhos saudáveis e inteligentes. Deus, a vida, a sorte? E o doutorzinho que cuidava de vocês e encontrou o Zezé em Mutum: "Ó, doutor Assis, não se lembra de mim? Sou o Zezé de dona Sinhá e seu João Português". "Você é o Zezé?" "Sou, uai." "Uai, Zezé, pensei que você tinha morrido daquelas caganeiras todas!" Esse é o meu

Zezé. Há coisas que só acontecem com ele. Não sei a quem puxou a perspicácia, a acuidade...

"Você, garoto bonito,
De olhos tristes a cismar,
Não vês que ainda é cedo
Pra começar a amar?"

Lola, onde está a Mariquita? Será que foi buscar o pão? Acho que o sovina do padeiro português está atrasado hoje. Será que a Mariquita está cuidando da Sinhá? A Sinhá não está se sentindo bem hoje. Anda tão fraquinha, sente dores no abdômen. Disse-me que não era nada, mas vejo em seus olhos as sombras da dor. O que tem a minha mulher, Lola? O que a consome, o que lhe tira as forças? Chama a Marocas, Lola, para ajudar a Mariquita. Não quero ver a Sinhá a sofrer assim. Quero o sorriso dela de volta. Quero meu sorriso de volta.

– Bom dia, flor do dia!

– Morri e cheguei ao céu? É isso, Maíra? Pra acordar com esse seu megassorriso nos lábios? Acho que, da última vez que vi todos os seus dentes, as torres gêmeas ainda estavam de pé!

– Tenho bons motivos, babaca. E aposto que você vai sorrir também. Estive ontem em Pinheiro de Ázere.

– Mas já? Quanta eficiência!

– Você pensa que desaprendi a profissão de jornalista depois que me casei e parei de trabalhar fora? Que nada! Ainda tô afiada, meu filho.

– E foi fácil? Achou algum parente?

– Facinho. É muito perto. Fiz igual você falou e fui por dentro, pelas vicinais. Você não calcula: a gente sai daqui de Coimbra e vai por uma estradinha colada no rio, subindo, subindo, uma paisagem de sonho. E os nomes das cidades? Penacova, Rebordosa... Seu jovem João deve ter sonhado de montão enquanto descia. De que será que desceu? A pé, a cavalo, de trem, carroça, carro de boi?

– É isso tudo que a gente precisa descobrir. Haja Google! Mas conta tudo, tô espumando de ansiedade.

– Não espuma ainda. Marco no GPS, sigo as placas, vou subindo, passo por uma grande represa, uma hidrelétrica que funciona no encontro das águas do Mondego e do Dão, pura poesia, pode babar. Albufeira da Barragem de Aguieira. E logo logo estamos em Pinheiro de Ázere, uma cidadezinha pequenininha, muito antiga, com um centro histórico daqueles que você vai precisar conhecer assim que melhorar um pouquinho. Lindo!

– E depois, e depois?

– Atravesso a cidade e chego numa pracinha mínima, com um coreto e um bar e um senhor consertando uma mesa na porta. Abordo o cara: por acaso o senhor conhece por aqui alguém da família Henriques? Sou brasileira e creio que tenho algum parentesco com esse povo... “A senhora tem bastante gasóleo?”, me responde perguntando com um meio sorriso. Bastante, devolvo no mesmo tom jocoso. Pois está a bem uns cinquenta, não, sessenta metros da casa deles. Que por um acaso do destino vem a ser a família da minha mulher.

– De primeira? Casado na nossa família? Que sorte!

– Sorte, pai? A cidade é um ovo, um cu. Se bobear, todo mundo casou na família Henriques. E mais, pra encurtar a história: o cara é uma espécie de alcaide, prefeito, intendente, seja lá como se chame o cargo na freguesia. Dono do bar da pracinha, conhece a população nominalmente.

– E você falou com a mulher dele, a senhora Henriques?

– Não, quer dizer, falei, mas ela não sabe nada. É gentil e simpática, mas não sabe nada. Digamos que ela é mais ou menos da minha idade e sabe mais ou menos o mesmo tanto que eu sei sobre a família.

– Nada, então.

– Mas a mãe sabe. Não estava lá. Tinha ido pra praia no Algarve, aproveitar o verão. Mas a Helena, a filha, mulher do prefeito, me garantiu que a mãe, a Adélia, volta nos próximos dias. Vamos ter que esperar. Ou então ligar pro celular dela, mas acho que não é isso que queremos, é?

– Não, de jeito nenhum. Nosso papo é olho no olho. É descobrir histórias por trás da história. É impressão minha ou você está completamente convertida ao meu projeto, Maíra?

– Dentríssimo, seu João. Não sei o que você tem em mente, o que pretende fazer com tudo isso, mas está delicioso visitar as raízes da nossa família. Você sabe o quanto eu amava o Vovô Zezé. Mesmo que ainda estivéssemos brigados, você e eu, faria isso por ele. Afinal, é do pai dele que estamos falando, certo?

– Certíssimo, filha. Meu pai, meu avô, minha avó, temos uma dívida com esses belos portugueses, seus amores e suas culpas.

– O Jorge, o prefeito, me contou um pouco da história atual: os Henriques foram grandes – nos termos de Pinheiro de Ázere, claro – produtores de vinho e azeite. Mas nos últimos anos, com a morte do velho avô da

Helena, pai da Adélia, a coisa toda desandou. A Adélia também é viúva e não se entende com o irmão e os sobrinhos. O vinho, já haviam vendido há mais tempo. O lagar, que funcionava até poucos anos atrás, agora está fechado, em litígio e inventário. Sacanagem.

– Não me estranha. A ganância do capitalismo corrompe qualquer um. O dinheiro corrói qualquer relação. Borra qualquer linda história de amor.

– Enfermeira, traz morfina pra esse velho babão aqui. Começou a delirar, a falar merda. Como sempre, né? Vou chamar a Teresa Salgueiro pra você. A propósito, a mulher canta demais! E você tem razão, é a cara da enfermeira, mesmo.

Gostava de caminhar entre as oliveiras, ouvir o canto dos pássaros, observar o movimento do vento nas copas dos pinheiros na mata, fora das cercas da quinta. De comer cereja no pé, de catar ginja pra fazer licor. Gostava de explorar os limites da cidade, conhecer o lado de fora, o lado de lá. Aqui há rio, mas não oliveira. Não há vinhas. Não há bons vinhos. Muito quente. Muito diferente. E as roseiras, os roseirais? Aqui há rosas, sim, a Sinhá plantou no nosso quintal. Mas as goiabeiras daqui, lá não há. As mangueiras. A figueira. A fruta-do-conde. Sabores tão diferentes. Saudade, Lola? Não, apenas lembranças.

"Quando eu te quis não quiseste,
Tiveste opinião.
Agora queres, eu não quero,
Tenho a minha presunção."

Foi contigo que me casei ou com a Benigna? Desculpa, filha, mas tu não és minha filha. És minha esposa amada, a Sinhá. Filha? Pois não tenho idade para ser avô de teus filhos. Lindas crianças, que amo fazer rir. Carrego no colo e brinco com eles, o miudinho e a miudinha, lembram-me os filhinhos que tive com a Sinhá há tanto tempo... Devem ter morrido todos de diarreia, não foi? Primeiro a menininha, depois um a um foram morrendo... São filhos do italiano? Não serão alguns dos dez filhos do Ulisses?

Mariquita diz que nada disso aconteceu. Que estou gagá, caducando e não sei mais o quê. Mariquita, não me contradigas, ó insolente. Diz que ninguém morreu, somente a Zélia, que era bebezinho. Será? Mas então onde foram parar todos os meus filhinhos? Foram embora com a Sinhá quando ela me deixou? Será que o pai dela, o Capitão, a proibiu de se casar comigo, por isso ela se foi? Fez como fez o outro, quc nos proibiu de ser felizes?

Não me contraries, Mariquita. Essa menina insiste que estou inventando, que o Capitão não proibiu nosso amor. Então quem foi que proibiu? Foi o Papá? Foi o Titio? O Titio não queria deixar, não queria nem conversa. O Titio é rico e brabo, não permite insolência. O Papá, por ele, não daria o contra, mas, orgulhoso, quis ser mais realista que o rei. Se Francisco proíbe, proíbo em dobro. Não pode. Pobretão de um ramo não se mete com riquinha do outro. E estamos conversados.

Traz logo minha sopa, Mariquita, que o pão já chegou, já está nas mãos, e estou com muita fome. Depois de me servir, corre lá fora e manda parar a barulheira. Não sei o que acontece nessa cidade de Pinheiro d'Ázere que aprontam tanto barulho na rua. Será fanfarra, procissão, festa de rua? Povo à toa, cambada de carolas sem serviço, vou ler para vocês um trecho muito elucidativo de um grande autor que não se ajoelhava para batinas nem para beatas, um tal de Eça. Vereis o que tenho para vós, pústulas e estroinas!

O que é o que é: ele conta tempo, ela o rumo da vida?

– Voltei lá hoje, para ver se encontrava algum documento, alguma informação objetiva. Sabe onde vou ter que parar? Em Viseu. Um pouco mais ao norte, não muito longe. Ah, descobri que tem um jeito incrível de chegar lá: de bicicleta.

– Uai, o que foi feito da minha?

– Quando te trouxeram pra cá, suas coisas ficaram todas naquele camping onde você estava. Acabei ficando num hotel ali perto. Fechei sua conta e trouxe tudo pro meu quarto. Inclusive a bike.

– Então, você tem coragem de ir de bicicleta?

– Não sei... Construíram uma ciclovia no antigo leito da ferrovia que liga Santa Comba Dão a Viseu. Me disseram que são menos de cinquenta quilômetros, tudo plano, deve ser demais! Só que eu teria que ir de carro até Santa Comba e de lá pegar a ecovia. Aí vai complicando.

– E depois voltar... É, complica bastante. Mas deve ser maravilhoso, mesmo. Bom, quando eu melhorar, eu faço. Não tenho só uma semana de folga, mesmo...

– Gostei do otimismo, mas antes de pensar nisso, foco: amanhã deve ser a primeira aplicação. E amanhã também a prima Adélia deve chegar de viagem. Minha vontade era de voltar lá amanhã mesmo, mas tenho receio de encher o saco da velhinha.

– É uma velhinha, é?

– Regula com você.

– Cacete, Maíra, você tá só me sacaneando ou acha mesmo que um cara de sessenta anos é um velho imprestável no fim da linha?

– Magoou, foi? Caidaço de todo não acho que seja, mas é velho sim. Você e a prima, dois baitas de dois anciões. Anciãos? Dane-se. E quanto a imprestável, olha onde você está e com quem tá tendo que contar. Sua pior inimiga. A pedra no seu sapato.

– Pô, Maíra, tô doente e o escambau, mas não diga nem de brincadeira que você é minha pior inimiga, pedra na casa do carvalho. Você não tem nem ideia de quanto doeram em mim todos esses anos afastados, sem conhecer direito minha neta, sem acompanhar o crescimento dela, sem poder contar histórias.

– Ah, seu João, nem vem. Sei muito bem que você adoraria doutriná-la como tentou fazer comigo e não conseguiu. Vocês, comunistas, só pensam em fazer a cabeça de todo mundo. Mas com a Stephany você não se cria. Ela é inteligentíssima, bem informada, bem formada, e já sabe muito bem o que quer e o que não quer. Anticomunista igual ao pai e à mãe. Admito que a gente não quis que você se aproximasse, mas hoje quem não quer é ela própria. Tá em outra.

– Filha, se é verdade o que você tá dizendo, o que vocês fizeram é mais que crueldade, é injusto. Ela não teve direito de escolha, o livre arbítrio dela foi o que vocês impuseram pra ela. Lavagem cerebral! Vocês criaram uma pentelhinha reacionária e teleguiada. Que tristeza, que amargura, cacete!

– Chora mesmo, lamenta bastante. Mas volta pro foco: amanhã começa a químio. Não vou ficar aqui. Vou dar um rolê. De repente volto lá e bato um papo com a prima Helena. Se ela achar que convém, visito a mãe dela. Se não, deixo a pentelhagem para depois.

– Maíra.

– Oi?

– Obrigado.

– Ah, tá.

– Não precisa fingir tanta ignorância. Você é melhor que isso.

– Vai te foder.

– Pode xingar à vontade, mas seu gesto é o que vale.

– Se falar mais uma pieguice, me mando agora mesmo.

– Fica só até eu dormir. Já tô quase dorm...

Ulisses, Aníbal, Zezé, preciso muito da vossa ajuda. As irmãs disseram que, se não abatermos pelo menos um pouco da dívida, não vão renovar a matrícula das meninas. O total já soma seis contos de réis. Eu ofereci cem mil réis, que era do que eu podia dispor, mas elas querem pelo menos quatrocentos. Agora me diz, Zezé, tu, que és mais franco: isso é cristão? O que essas freiras estão a fazer com vossas irmãs não é a mais pura humilhação?

Dizem que amam o rebanho, que amam a mim e a Sinhá, que somos próceres da família cristã muriaeense, e é essa a paga? Ulisses, meu filho, dói-me na alma pedir-te isso, sabendo que vives apertado em Carangola. Tenho consciência de que, se fosse um bom pai, eu é que devia estar a mandar-te algum. Mas não tenho mais a quem recorrer. Vosso avô se foi. Os cunhados se mudaram para o Rio de Janeiro, e a Sinhá está a sofrer tanto que até adoeceu.

"Estou cansado de esperar
Pro país algum conforto.
Vejo o governo na nação
Cada vez aí mais torto."

Aníbal, meu filho, aceita a colocação que te ofereceu o banqueiro do bicho. Enquanto não arrumas nada melhor, dá-se um jeito de garantir o estudo das tuas irmãs. Com elas formadas professoras, quem sabe atenuamos a penúria desse momento. O movimento da alfaiataria anda fraco. Pinga um servicinho aqui, outro ali. Se não fossem os cortes de tecido que o Ulisses e o Aníbal compraram, não teria nada a fazer este mês. Pobres rapazes, com seus ternos cinza bem cortados pelo pai. Podem passar necessidade, mas se vestem como homens de respeito.

O Zezé, sempre frajola, preferiu o corte branco. Também, com o calor que faz aqui nesta terra... Zezé, foste com tua mãe à casa do Capitão? Viste que beleza o sorriso da Sinhá enquanto tocava ao piano? Pobre Sinhá, de família tão nobre, foi casar-se com português tão pobre! Nunca mais um piano, nunca mais um sarau. Ela ficou tão feliz, passou a tarde a se esbaldar às valsinhas, às cantigas. Dizem que o tango argentino se misturou ao lundu dos negros, aqui no Brasil, e à polca europeia, e que o ritmo resultante disso tudo é um tal de samba. Dizem. Dos negros, só sei do Cristino, que ajuda tua mãe a pajear os miúdos, e dessa atrevida da Benigna, que se passa pela Sinhá para atormentar esse pobre velho.

Ouve, Zezé, ouve o piano. É tua mãe que toca. Foi assim que a ouvi tocar pela primeira vez, antes mesmo que o Titio nos proibisse o namoro. Avô? Tio? Sei lá eu? Como não proibiu? Deu o consentimento na frente de toda a família? Não sabes de nada. Tivemos que fugir para casar escondido. Ela era tão moça que nem tinha ainda os papéis. Não sabia ler, a pobrezinha. Era uma menina ignorante e linda, mas amorosa e louçã. Por que proibiste, Papá? Por que não aceitaste, Titio? Agora, só me resta chorar as saudades da linda donzela...

– Uai, você tá aí? Pensei que ia pra Santa Comba.

– Resolvi ficar. Vou acompanhar a aplicação. Não custa nada. É pra isso que eu vim. E pra te levar comigo pro Brasil.

– Você acha que vou poder ir?

– Pelo que os médicos estão falando, acho que vai depender da sua reação. A viagem é longa demais, desconfortável demais. Talvez seja melhor dar um tempo, vamos ver.

– Mas você só tem uma semana.

– Sim. Mas vamos com calma. Aqui os dias passam devagar. Hoje dei uma volta por Coimbra. Que lugar, hein? Lindo o centro histórico. Logo aqui embaixo. Abaixo da universidade. Que igrejas! Que cafés, que doces! Te trouxe um pastel de nata. Quer?

– Será que não vai me enjoar?

– Quem manda é o estômago. Tinha um suspiro gigante na montra. Montra é vitrine em português de Portugal. Tô aprendendo um monte de termos, só cê vendo. Mas o suspirão era tão grande que não tive coragem de encarar. Quando você melhorar, compro um pra gente comer junto.

– Eu quero! Amo suspiro. Me lembra os doces de Muriaé, das minhas tias. Quando a gente ia lá passar férias, elas nos entupiam de guloseimas. Muitos doces de frutas, goiabadas feitas com as goiabas do quintal, hum, era bom demais!

– E você chegou a conhecer o seu avô?

– Conhecer eu conheci, mas era muito pequeno, não lembro direito. Ele estava velho, caducando, repetindo umas falas que eu não entendia. Era alto, bem mais alto que os filhos. Bonito. Porte elegante. Olhos claros. Óculos verde-escuros.

– Temos fotos?

– Poucas, mas temos. O alfaiate e seus filhos enfatiotados com os ternos mais bem cortados. Ele com crianças no colo, netos, por certo. Da Vovó, não. Só uma fotinha dela triste, devia estar doente, perto de morrer.

– Ela morreu cedo, né? Vovô Zezé tinha quantos anos?

– Quinze. Ela morreu nova, o casal ficou junto uns vinte e cinco ou vinte e seis anos. Depois ele ainda viveu mais de trinta anos viúvo.

– Você sente falta de ter conhecido seu avô?

– Sinto demais. Queria as histórias do imigrante, do jovem rebelde, do pai de família pobretão, do velho solitário.

– A Stephany também sente falta de avô. O único com quem conviveu foi o Vovô Zezé.

– Você a levava para vê-lo, eu sei.

– Sim, ela amava aquele Bivô. E quem não o adorava? Vovô Zezé foi a melhor pessoa que eu conheci. Que alegria de viver! Que senso de humor! Que inteligência! Que senso de justiça!

– Se a gente for ficar aqui enumerando as qualidades do meu pai, o dia acaba e a gente não... Sabe que me alivia?

– O quê?

– Minha neta ter tido como único avô o bom e velho Zezé. Algo de bom, de mim, ficou pra ela. Quando a gente voltar pro Brasil, você me deixa?

– Ficar amiguinho dela?

– Dizer a ela o quanto eu a amo.

– Se for verdade, eu deixo.

– Você é dura na queda.

– Tive o melhor mestre.

Cerejas, cerejeiras, cerejinhas, ginjinhas, ai que saudade dos sabores da minha terra. Quero as roseiras, os roseirais, o alecrim dourado, os odores que emanavam dos meus caminhos, minhas flores do campo à beira da estrada. Meus pinheiros, minhas águas e meus pássaros a cantar.

"Alecrim da barreirinha,
Solta logo a sua flora.
Que importam as faladeiras
Da vida de quem namora?"

Minha mãe costurava a cantarolar cantigas e trovas. Com ela aprendi umas tantas, com as tias outras. Com primos e primas, multiplicou-se a arte de trovar. Zezé, já te ensinei as de Santo Antônio? E as dos descobridores? São tantas trovas a me povoar as lembranças! Rio-me só de recordar as de mulher feia, as dos casadoiros à procura de um bom partido...

Mariquita, tem cereja no pé? Como não temos cerejeira em casa? Temos muitas cerejeiras na porta de casa, e pelo frio que faz já é tempo de colhê-las. Elas estão vermelhinhas, docinhas, estourando nos galhos! Ó solidão, por que me deixaste a salivar por uma cereja, quando as temos tantas e tão tenras ao alcance da mão?

Ela diz que não há cerejas, que não há oliveiras nem parreiras. Só falta fingir que não temos roseiras nem rosas, quando as colho no quintal dia sim, outro também, para enfeitar o retrato da minha amada. Vou levá-las ao túmulo da Sinhá, como faço há trinta anos, desde que ela se foi. Mas não vou mais chorar. Vou apenas lembrar dos momentos felizes que vivemos neste lar abençoado.

A Sinhá anda preocupada com o Zezé, que pinta e borda, e agora inventou de ir morar com o Ulisses em Carangola. Não te preocupes, Sinhá, que nada vai acontecer. Primeiro porque o Ulisses, sargento no Exército, não poderá mesmo acolher o irmão. E segundo porque, moço como ainda é, não viaja sem nossa licença. E tu não a darás, não é mesmo? Aquele infeliz do senhor Plínio não dá sossego ao menino, por isso a ânsia de voar.

Zezé é batuta, quebrou a asa jogando esse tal de futebol. Pelo menos marcou o golo, garante. E a Sinhá nervosa, sem notícias do filho mais velho, com o Aníbal atrasado nos estudos e o Zezé afastado por causa do braço na tala. Somente as meninas seguem bem no colégio das irmãs, próximas já de se formar e virar professoras. Quanto orgulho, hein, Sinhá? Não te preocupes tanto, mulher, que inteligência e bom senso nossos filhos têm. Mesmo que o Aníbal tenha ficado um pouco empacado, é moço inteligente e ajuizado. Sempre se arranja.

É assim, caçoando uns dos outros, trocando charadas e trovas, que nossos filhos levam a vida. Não viu o entusiasmo do Zezé quando chegou o parque de diversões à cidade? Sem dinheiro nem nada, experimentou todos os brinquedos, mais barcas e aeroplanos, e ainda subiu naquele Jaú para viver as emoções de um aviador de verdade! É de vera que os cobres dos pobres ficam todos naqueles sorteios e provas, mas fazer o quê, se todos caem como patinhos no sonho da sorte grande?

– Dói?

– Arde.

– Eles disseram que não demora muito, mas foi só pra nos embromar. Pelo tamanho da bolsa com o medicamento e pelo tempo que leva pingando aí na sua veia, é coisa pra algumas horas.

– Queima. Não é confortável não.

– Não dá pra dormir um pouco?

– Acho brabo.

– Ler?

– Não consigo me concentrar.

– Enjoa?

– Não.

– Então vamos brincar, como fazíamos quando eu era pequena e a gente viajava de carro pra praia.

– Um elefante amola muita gente. Dois elefantes amolam, amolam muito mais. Três elefantes amolam muita gente. Quatro elefantes...

– Não foi uma boa ideia. Pensei mais nas adivinhações. Tipo um homem sem olhos viu rosas numa roseira. Não pegou rosas nem deixou rosas. Como foi a brincadeira? Você aprendeu essas coisas com o Vô Zezé, né?

– Ah, sim, e com o Tio Aníbal. Aposto que vêm do Vovô João.

– Não conheci o Tio Aníbal. Só as histórias dele. Lembra de alguma outra?

– Muitas: o peito de Pedro é preto. Preto é o peito de Pedro. O pinto pia e a pipa pinga, a pipa pinga e o pinto pia.

– Trava-línguas. Mas tem que falar bem depressa.

– A aranha arranha o jarro, o jarro arranha a aranha.

– O rei de Roma ruma a Madri.

– Esta é do *My Fair Lady*. Paulo Autran e Bibi Ferreira. O Papai tinha o disco.

– Eu sei, eu roubei.

– Foi você, Maíra? Nunca pensei. Não faz o seu gosto.

– O Vô Zezé é que fazia o meu gosto, não o disco. Quando ele morreu, fui lá e peguei. Ninguém deu falta. Já toquei pra Stephany e ela adorou.

– Nem tudo está perdido, então.

– Hummmm.

– As do Tio Aníbal eram sempre muito ingênuas: Joãozinho, qual o animal que nos fornece a carne? O açougueiro, fessora.

– E era ele que cortava o dedo, né?

– Isso, ele fazia o truque de cortar o dedo e depois colar com cuspe. A gente caía direitinho, mas só até os cinco, seis anos...

– E ele era marido da Tia Mariquita?

– Não, hehehe. Eles eram irmãos. Eu mesmo fui um que levou anos pra entender isso. Que eles dois eram irmãos solteirões que moravam juntos e cuidavam do Vovô João velhinho, até ele morrer.

– Como era o jeito do seu avô?

– Já te falei, bonitão, alto, elegante.

– O jeito, pai.

– Tinha alguma coisa sobre um pão que o padeiro tinha que entregar e sobre uma sopa que ele queria tomar. Sempre isso. Recitava poesia, versos, não sei o que eram, não lembro.

– Poeta, então.

– A veia poética do meu pai veio dele, uai.

– Mas sua avó também era letrada.

– Era, tocava piano. Era de família mais nobre. Um pouco mais. Embora meu bisavô, o Capitão, fosse português. Igual ao meu avô. Mas voltou da Guerra do Paraguai como herói brasileiro. E ganhou uma espada de condecoração. Espada que foi exposta com pompa e honra na prefeitura. E de lá foi roubada. E nunca mais a família pôs os olhos sobre ela.

– Pai, está se sentindo bem?

– Bem mal.

– Então fecha os olhos e fica quietinho um pouco. Depois você me conta o resto.

– Tá. Mas não tem resto.

A resposta é sino e sina. Outra: o que é, o que é, tem quatro quartos, mas não dorme em nenhum?

Pobre Muriaé, nada aqui dá certo. As irmãs do hospital foram embora. O circo veio e foi. O parque de diversões. O colégio das freiras, tão bom, mas cobra tão caro que as pobrezinhas das meninas correm o risco de nem se formar. Nosso aluguel está atrasado. Serviço não tem. Quando tem, eles não pagam. Quando pagam, meses já se passaram. Os filhos batem asas e se vão. Para nos ajudar, mas acabamos tendo que ajudá-los, nós. À família da mulher, que tem mais posses, não recorremos. Temos vergonha na cara. Agora me morre o Velho, o sogro bondoso e culto. Pobre Muriaé! As águas de seu rio estão cada dia mais turvas. Negras como as do rio Dão.

"Portugal pequeno e forte,
Nunca perde a sua fama.
Pelos teus antepassados,
Camões e Vasco da Gama."

Alegra-me o dia ter a casa assim repleta de anjinhos. Serão meus filhos, sobrinhos ou netos? São netos, Lola? Todos teus filhos? Ah, não? Há também os do Ulisses e os do Zezé! Que algaravia! Mas isso me alegra, filha. Eles correm e brincam pela casa, vão à rua, ao quintal, jogam bola, contam piadas. Sabem à irmandade que tínhamos em Portugal, tantos irmãos, primos e sobrinhos.

Por que foi mesmo que tive que vir embora? Primo João, o que aconteceu em Pinheiro para eu sair de lá fugido? Foi o Titio, primo João? Foi a priminha? A tia, o pai, a mãe? Quem me quis longe do meu torrão? O primo disse que não houve briga, que coube a mim a decisão de vir. Não volto, filha, não volto para onde não me querem. Não, não tem nada a ver com a oficina do Papá ou as quintas do Titio. O Titio não gosta mais de mim.

Deixa para lá, filha, vamos cantar para a meninada? Ó Zezé, vou te propor uma charada que aposto que não acertas: no meio da sociedade a honra cambaleia. Uma e duas. Velha, filho? Não digas isso ao teu pai. Pois acabo de inventá-la agora. Então toma outra: somente a honra não cambaleia. Uma e duas. Variações sobre o mesmo tema, ora pois. É da natureza da charada.

Como gostam de caçoar esses meus filhos. São batutas e acham que são os únicos. Mas o velho pai também se gaba. Ainda me saem de cor os versos do poeta:

"Amor é um fogo que arde sem ver;
É ferida que dói e não se sente;
É um contentamento descontente;
É dor que desatina sem doer

É um não querer mais que bem querer;
É um andar solitário por entre a gente;
É nunca contentar-se de contente;
É um cuidar que ganha em se perder..."[6]

E vai por aí afora, que agora me falha a memória.

– Não vais mais subir o rio atrás das primas?

– Falas agora como um português.

– Mas eu sou português, uai.

– Pai, você tá engraçado.

– Acho que tinha muito tempo que a gente não convivia. Eu sempre fui engraçado. Fui eu quem contou pra Tia Mariquita a piada do japonês, quando ela proibiu piada de português.

– E como era a piado do japonês?

– Era uma vez dois japoneses: Manuel e Joaquim...

– Sacanagem... Ela não te bateu?

– Ela era um doce, não batia em ninguém. A gente pedia pra jogar com o baralho dela, ela emprestava, a gente jogava baralho pro alto, fazia guerra de travesseiro e almofada pulando na cama, matava o banho, passava o dia na rua, depois saía de noite e voltava tarde, e ela tudo deixava. Eram as melhores férias do mundo, em Muriaé.

– E o Tio Aníbal?

– Contava piadas, fazia jogos de adivinhação, anotava tudo num caderninho. Lista com os nomes dos sobrinhos, com as datas de nascimento, com os colegas do banco, com os bichos do jogo do bicho, com as piadas que não queria esquecer. Anotava só o inicinho ou o fim da piada, pra lembrar. E esquecia! Depois ia atrás do meu pai: ô Zezé, como é mesmo aquela do "já entrou peidando"?

– Boa. Chorando, seu João?

– Vidas vãs, minha filha.

– Vidas ricas, velho. Não é hora de lamentar.

– A minha tá acabando e eu só consigo pensar em você grávida, como ficou linda! E na Val grávida, como ficou deslumbrante! Embora você se pareça tanto comigo, na gravidez ficou a cara da sua mãe.

– Pena que você foi tão ruim pra ela.

– Não é verdade. Nós tivemos nossos bons momentos.

– Um dos quais culminou com a minha vinda ao mundo, certo?

– Certíssimo.

– Depois você começou a corneá-la com toda a torcida feminina da seleção.

– Não é bem assim. Pra você entender melhor o processo, a gente tinha um casamento bem aberto.

– Isso quer dizer que você a traía e ela aceitava.

– Não. Nossa geração era diferente. Você não entende. A gente tinha casos paralelos, eu e ela.

– Mamãe? Pulando a cerca?

– Maíra, sua geração é muito careta. A nossa fez a revolução sexual, inventou a pílula e se liberou para viver o amor livre. As mulheres da nossa geração, e sua mãe entre elas, tomaram o poder sobre o próprio corpo. A gente viveu em comunidade, a gente usou drogas, a gente extrapolou os limites burgueses.

– Você não perde um discurso, né? Não acredito que minha mãe tenha sido essa doidona irresponsável, que te tenha sido infiel.

– Então não acredita. Mas já que tô jogando aberto com você, confesso que, se você não tivesse nascido tão parecida comigo, de corpo, rosto e temperamento, eu teria certeza que não era minha filha de sangue. Sua mãe estava apaixonada por outro cara na época que engravidou de você.

– Para com isso, pai. É cruel e injusto atacar a honra da minha mãe quando ela não tá aqui pra se defender.

– Sua mãe é uma grande mulher, Maíra. Uma guerreira. Foi corajosa quando a vida pedia coragem. Foi prudente quando era preciso algum medo. Soube mudar de rumo quando a vida pediu mudança. Foi o grande amor da minha vida, e eu da vida dela.

– Nada a ver. Ela tá casada e feliz, esqueceu completamente de você.

– Você nunca vai entender algo que foi pra sempre e que pra sempre será. Mas não sofra tanto. Sua mãe e eu fomos felizes o quanto deu pra ser. Depois nossa relação desandou, como tudo tem que desandar.

– Nem tudo tem que desandar. Você é o idealista mais derrotista que eu conheço.

– É, eu, eu, eu...

– O que foi?

– Tá difícil.

A família morava na quinta. Meu pai foi o primeiro a vir para a cidade, montou sua oficina e deixou o trabalho na lavoura. Minha mãe o ajudava. Meus tios e primos viviam na roça e a gente estava sempre por lá, ajudando a plantar e colher. Em Pinheiro era tudo tão perto. Uma vez, na quinta, cortamos um bambu extenso e nele furamos vários buracos para estimular os passarinhos a fazer ali seus ninhos. Penduramos no telhado do terraço e ali deixamos. Deu certo. Pardais, bicos-de-lacre, sabiás e bem-te-vis passaram a viver ali, a criar seus filhotinhos, a cantar sobre nossas cabeças. Posso estar misturando os passarinhos daqui com os de lá. Um dia o Titio se encheu de raiva do cocô dos passarinhos que caía sobre o chão e mandou tirar fora o bambu. Virou lenha no fogão e nunca mais os passarinhos voltaram àquele lugar.

Mariquita, olha os passarinhos, que balbúrdia fazem! Meus filhos são como os passarinhos. São netos, Mariquita? Que sejam! Estão doentinhos, podem morrer a qualquer hora e vão morrer pagãos, porque eu não vou levá-los a batizar. Blasfêmia? Não viste nada. Estou deveras agastado com essa gente da igreja, com essas irmãs que não querem deixar que minhas filhas se formem, com esse seu Plínio a explorar o Zezé, com esses burgueses que não me pagam o serviço, com esses burocratas da prefeitura que roubaram a espada do teu avô. Ah, se formaram, é o que me dizes. Que te aposentaste? Mas és ainda uma mocinha, filha, não sejas tonta. A Lola ainda leciona no colégio das irmãs... sei... Falas cada asneira.

Adoro essas festas cívicas. Vem ver à janela o desfile dos alunos do grupo escolar, Mariquita. Cantam hinos, empunham bandeiras, é o Sete de Setembro, é o Dia do Muriaeense! Adoro o Dia de Portugal, com esses desfiles cívicos, essas bandeiras, essas crianças cheias de espírito patriótico! E a fanfarra? Não vais sair na fanfarra este ano, filha? Tua mãe te preparou um lindo costume para desfilares ao lado das moças da sociedade. Tua mãe cuida de tudo. Reforma o terno do Ulisses para o Zezé ter roupa nova sem gastar nem um tostão. Nem um vintém.

A cidade embandeirada, os hinos, as autoridades no palanque, todos vestem fatos do melhor corte. Todos feitos pelo meu pai. António Henriques, o melhor alfaiate de toda Pinheiro d'Ázere! De Toda Santa Comba Dão! De todo o concelho! Do distrito de Viseu! De todo o Portugal! De Muriaé, da Zona da Mata e adjacências. De toda Minas Gerais! De todo o Brasil! E do mundo, por que não? Ai que fome!

"Onze horas, meio-dia,
Eu aqui sem almoçar,
Qual será o coração
Que não se está a agastar?"

Quatro dias se passaram e ela ficou ao meu lado, minha pequena menina que cresceu e virou esta mulher decidida. Decidida a me enlouquecer, às vezes, mas ficou comigo e agora o hospital me deu alta e nós vamos dividir o quarto do hotel. Se não fosse o mal-estar que me derruba, bem que eu queria seguir viagem com ela, contemplar o rio, subir a correnteza e ir ao encontro do meu passado. Mas é tanto enjoo, uma dor generalizada pelo corpo, e não apenas naqueles pontos que já doíam, onde o coiso ataca, no braço e no pescoço. Agora tudo dói. Culpa dessas mulheres que me obrigam a me tratar. Maíra. Sara. A Teresa Salgueiro do hospital. Como disse o Suassuna, mulher em tudo se mete.

– O carro que eu aluguei é grande e confortável. Vamos dar um passeio. Você ficar aqui recostado ou recostar no automóvel dá na mesma, não?

– Ok, você venceu. Descansando a vista na paisagem talvez eu me sinta melhor.

– Tem o centro histórico de Coimbra, mas esse a gente não consegue ver de carro. Tem um micro-ônibus que faz a volta até lá em cima, na universidade, mas aí acho que vira mexida pesada pra você, o que acha?

– Não, lá inclusive eu conheço. Já estive aqui antes.

– Então, bora pra beira-rio? Você vai ver que belezura. Os pinheiros na encosta dos morros que emolduram o rio, foi o caminho que eu fiz pra ir pra Santa Comba aquele dia. A gente vai indo até onde aguentar. Suspeito que você possa se sentir tão bem que não queira nem voltar...

– Maíra, quando você está doce desse jeito, tenho até medo que me jogue do penhasco, igual cena de filme.

– Corre o risco. Principalmente se ficar falando merda. Que, aliás, é a sua especialidade.

– Se assim fosse, não teria ganhado a vida com meu falatório.

– É fato. Mas eu tenho certeza que sempre existirá gente ignorante o suficiente pra pagar caro por qualquer asneira que se queira doutrinar. A burrice é democrática e eterna, penso eu.

– Filósofa, minha filha. Enche o papai de orgulho. Bom, só de se dar ao trabalho de pensar já é alguma coisa.

– Bora. Se não, desisto e te deixo aí mofando enquanto vou bater perna nos shoppings de Coimbra. Já conheço os dois maiores, são requintados, têm boas butiques e preços bem interessantes, considerando-se que vendem em euro.

Ulisses, meu filho, imagino que tua mãe tenha te explicado o problema: as freiras exigem o pagamento mensal de trezentos e cinquenta mil réis sob pena de não aceitar a matrícula das tuas irmãs. O que fazer, meu filho, se o serviço anda minguado e os que já foram entregues ainda não foram pagos? O roteiro se repete: eu não faço fiado, mas eles penduram do mesmo jeito. E o pior é que não podemos agora tirar a Mariquita do colégio. Ela vai bem, é uma das melhores alunas, tem ótimas notas, vive agarrada aos livros. As professoras gostam muito dela, já lhe deram incumbência de zeladora do apostolado da oração!

Ao contrário da Lola, cabeça de vento. Não adiantou tua mãe botar-lhe vestido comprido. Se for à rua e vir um grupo de meninas a brincar, a Lola sai a correr e começa a pular corda, a jogar bola. Arregaça o vestido e nem se lembra que já virou menina-moça. Boa menina, mas sem juízo nenhum. Nossa esperança é que a Mariquita, ao se formar, assuma cadeira de professora e já passe a receber mais de trezentos mil réis por mês! É o que dizem.

Outro de cabecinha leve é o Zezé. Só quer saber de calça larga e jaquetão, todo almofadinha. Só fala em namorar e até passeia no jardim de braço dado com a sua pequena. A mim não fala nada, mas com tua mãe se abre sem pejos. Ela diz que prefere não zangar para ele não perder a confiança e continuar a contar-lhe tudo. Mas nós todos achamos graça e tiramos pagode à custa dele. Ainda tão moço e se sente homem feito, fazer o quê?

O que é o que é: ele está no cofre, ela na alfaiataria?

"Bem sei que me andais mirando
Por debaixo do chapéu.
Se não sou do vosso gosto,
Quem quer anjos vai ao céu."

Ulisses, meu filho, por que não respondes às minhas missivas? Saíste de Carangola, foste para Caratinga? Mudaste para Barra Mansa? Foste ter com o Zezé em Mutum? Ele por lá andou com meus cunhados, o Heitor e a Catuta, não te lembras? Sim, o Titio Heitor, irmão da tua mãe! Esqueceste de nós, filho? Tua mãe anda nervosa, a perder noite de sono de tanta preocupação com tua saúde! Pensas em te casares e nem conversas com os velhos pais? Não soubeste que o Velho finou-se? O Capitão, o herói português da guerra do Brasil, um segundo pai para mim...

Foram-se todos. O Velho. A Sinhá. O Heitor. A Marocas. Não, a Marocas ficou. Está viúva, como eu, e como eu chorando a partida da nossa Sinhá. Sabias, Mariquita, que era minha prima? Quem? A Sinhá, ora pois. Não era minha prima? Era sim. Pois foi a única mulher que amei. A minha prima Sinhá. Mas seu pai não consentiu o namoro e tivemos que nos separar. Que não me separei da tua mãe? Que me casei com ela e tivemos uma linda prole? Ah, sim, com essa Sinhá me casei e tive uma linda prole. Mas digo da outra. Daquela com quem não me casei nem tive uma linda prole. A namorada proibida.

E não é que dei conta de aguentar a viagem? Não esperava que fosse tão perto. Acho que é porque tinha feito planos iniciais de ir de bicicleta, o que pedia um dia inteiro de jornada. Já pensava nas paradas para descanso e alimentação, como fiz no único trecho que encarei, entre

Figueira da Foz e Coimbra. Reservava a cada trecho um dia de preparação, pensamento, expectativa. Quando Maíra me chamou pra passear, descemos uma avenida larga e já pegamos a saída para a estrada menor, longe da autovia. E o que ela me prometeu veio em cascata: a beleza do rio, dos montes, das matas, as pequenas cidades, com seus nomes inesperados e poéticos, a subida rumo à barragem, mais umas estradinhas vicinais, e olha nós entrando em Pinheiro de Ázere. Sem solenidade, eis a terra do Vovô!

Entramos pela praça do coreto. Que tem bustos e placas em homenagem a personagens célebres da vila. Um vilarejo pequeno e pouco povoado, de casas antigas caindo aos pedaços, outras modernas, com visíveis reformas recentes. Como tudo que tenho visto em Portugal desde que cheguei, dá sinais de que viveu o boom imobiliário e o desenvolvimentismo generalizado de alguns anos atrás. Mas sobretudo de que atravessa a mesma crise que toda a Europa, com desemprego e recuo nos investimentos.

O prefeito estava, como na primeira visita de Maíra, mexendo em coisas de seu bar. Nos recebeu com o sorrisão e foi logo mencionando o parentesco, me chamando de primo e contando que criou as filhas na igreja, embora seja ateu praticante. Gostei do alcaide. Um gambá cheira o outro. E a própria Maíra, sempre tão intolerante com meus arroubos políticos, portou-se com bom humor e simpatia. Já se sentia amiga de Jorge. Perguntou por Helena e Adélia. Me mostrou onde moravam uma e outra – duas casas fronteiras, na mesma "avenida", uma rua um tiquinho mais larga que as demais, cinquenta metros adiante.

Helena é uma jovem senhora, uma menina de seus trinta e poucos, como o marido, sorriso largo, pele morena, longos cabelos negros e encaracolados. Nada nela me parece familiar, embora tenha um tipo até meio brasileiro. Me pareceu simpática, mas parente, não. Extrovertida, nos pegou pelo braço para atravessarmos a rua em direção à casa de sua mãe, Adélia. Que nos abriu a porta com um pouco mais de recato que a filha, mas não menos receptiva. Tipo físico oposto, mais alta e elegante, muito branca, alourada. Não se parece comigo, com meu pai ou com meus tios, todos tão mignon. Mas o porte me lembrou alguém: o jovem João das fotos, o imigrante que deixou aquele Pinheiro d'Ázere para construir um lar e uma linhagem no Brasil.

– Primos! Que bom tê-los conosco! Helena e Jorge me falaram tanto da visita da prima Maíra que estava ansiosa por encontrá-la pessoalmente. E o senhor, primo João, está melhor?

– Para ser franco, mais ou menos, prima Adélia. Deram-me alta do hospital, mas ainda me sinto fraco e enjoado. Mas por favor, não me chame de senhor. Acho que regulamos em idade e me sinto ainda muito moço, apesar de doente.

– Pois entra, primo. Senta-te. Aceitas uma água fresca, um sumo?

– Por enquanto, preciso esticar as pernas no seu sofá, posso?

– Meu pai se submeteu a uma sessão de quimioterapia anteontem, prima Adélia. Ainda está sentindo a ressaca dos efeitos, compreende?

– Ah pois. Sei o que é isso, primo. Também tive cancro. Durante o tratamento, quase pedimos para morrer. Mas acredita: passa. E a gente sobrevive.

– Pai, se não está se sentindo bem, acha melhor ir embora? Podemos voltar amanhã. É tão pertinho! Pela autoestrada, então, é um pulo.

– Você está proibida de me trazer pela autoestrada, Maíra. E primas, não se preocupem. Fiquei apenas um pouco cansado, mas creio que em poucos minutos estarei melhor. Aceito uma água natural, se não der trabalho.

– Bebe, primo. Sem pressa. Helena, por que não levas a Maíra para colher umas cerejas no quintal? A cerejeira está carregada! Nossas cerejas não são daquelas escurinhas. São mais claras, mas não menos doces. São bem típicas da nossa região.

– Prima, a sua filha te falou por que estou fazendo tanto sacrifício para vir aqui?

– Não, primo. Tua filha não disse à minha. Só andou fazendo perguntas sobre a história da família, sobre teu avô, não é mesmo? Será o Tio João, o teu avô?

– Sim, João Henriques. Você era sobrinha dele? Seu pai era irmão dele?

– Não, meu avô é que era irmão dele. Meu pai o chamava de Tio João. Sou filha de António, neta de Francisco. Francisco e João eram dois de muitos irmãos. Mas sei que o teu avô era o mais jovem, que foi para o Brasil, que se fixou por lá.

– É, é o que sei também. Deixe-me explicar: estou muito doente, meu pai já morreu, não conheci direito meu avô. Ele morreu quando eu era pequeno, só me lembro dele já em avançada senilidade. Não falava coisa com coisa.

– Parece ser um mal que afeta a família.

– A minha doença ou a dele? Câncer ou demência?

– Ambas. Falava da dele. Nossos velhos vivem muito, a longevidade é uma característica dos Henriques. Mas talvez por isso muitos deles percam a lucidez. Já o cancro... É o mal contemporâneo, pois não?

– Ah, prima, que bom saber que você se curou!

– Primo João, não vamos nos entregar a lamúrias. O que procura em Portugal?

– Procuro meu avô, prima Adélia. Procuro respostas: quem foi ele? Por que foi embora? Por que virou as costas pra sua gente? O que tinha em mente quando desceu o Mondego, esse mesmo Mondego que eu vim acompanhando rio acima, eu também um jovem João, só que um jovem sessentão no fim da vida.

– Acho que posso ajudá-lo, primo. Nossa família anda em pé de guerra, temos tido desavenças. Mas antes que tudo isso tivesse acontecido, sempre conversei muito com os velhos. Ouvi muita história, guardei muita coisa. Tenho aqui um baú de fotografias e cartas. Guardo documentos, folhas amarelas, palavras mortas. É disso que estás à procura, pois não?

– Prima, tu és um anjo!

A Sinhá se preocupa com os filhos, como se preocupava com os irmãos, que ajudou a criar. Filha mais velha do Velho, segunda mãe dos manos. A Sinhá sabe que a saúde, no nosso tempo e na nossa cidade, vale pouco e dura menos ainda. Ainda ontem o Zezé melhorou da febre e foi a vez de cair de cama o Aníbal. O doutor Assis cá esteve, auscultou, mediu, pesou, disse que era uma espécie de gripe pulmonar. Não entendi nada, mas receio que aí haja cousa que ele não nos quis explicar.

Logo o Aníbal, que já não é bom de saúde, que custa a melhorar de uma e cai logo noutra. Pois não acabou de tirar o babadouro depois de tanto tempo de defluxo? Tudo obra daquela queda infeliz. Tudo consequência dessa mania de subir em árvore, muro e telhado. Resultado: aquele menino vivaz e brilhante se tornou um moço simplório, nosso pobre Aníbal. Vende o programa da sorte da loteria. Carola. Assina o *Lar Católico*, *O Lutador*, o *Santuário de São Geraldo*. Ainda bem que compensa, nos folguedos com os amigos, o tempo perdido com a carolice. Adora o circo. Queria fugir com eles para virar equilibrista. Adora o futebol. Foi ver o Leopoldinense contra o Muriaeense e saiu todo satisfeito. Jogamos reforçados por atletas de Miracema e demos de três a zero, Papai!

A moçada da cidade assim se diverte, entre ladainhas, procissões, quermesses e fitas seriadas. Passeiam no jardim público, fazem o footing, ouvem rádio, namoram respeitosamente. Os tempos são outros, minha filha. Mariquita, por que não vais também ao footing da praça? Filha de Maria? Mas não és freira nem nada, bem que podias conhecer um bom rapaz, um bom partido, como fez a Lola com esse italiano. Caladão, mas boa praça. Não me parece casmurro, e trata bem tua irmã. Não fosse assim, conheceria o peso do braço de um português.

Calma nada, não estou nervoso. Mas é que a Lola é menina prendada, boa professora, como tu, Mariquita. Só que tu és muito carola. A Lola parece um rapazote. Acho que nunca vai crescer. Ela e o Zezé mais sabem a gêmeos. Até nas peraltices se igualam. Como parou com tudo? Porque agora é mãe de família e professora do colégio? Duvido, minha filha. A Lola domada pela madureza. Tu, sim, és bem-comportada e boa moça. Merecias um bom casamento. Quem sabe o primo João não vem de Portugal para te fazer a corte?

"Um velho barrigudo,
De nome Salomão,
Vai às barbas de seu pai
Pra pedir a sua mão."

Outra para ti, Mariquita, que é a tua cara:

"Pra você, minha querida,
Um segredo vou contar:
O António algum dia
Vai levá-la ao altar."

E mais esta, para não perder a viagem:

"Você, minha querida,
Deve viver sua vida
Porque o seu bem-amado
A outra está prometido."

Essas quadras são a melhor lembrança que trago da minha mãe e da minha terra. Já te contei, Mariquita, que a Mamã cantarolava enquanto cosia na oficina, ao lado do Papá? Já te contei que o Papá foi o primeiro da família a deixar a quinta e se estabelecer em ofício na cidade? Já te contei que aprendi o ofício com eles dois? Já te contei que o Titio me queria na quinta, na lida da lavoura, com os primos, mas que depois me expulsou de lá?

Traz minha sopa, Mariquita, que o Titio vai chegar e não temos nada para oferecer a não ser o pão quentinho que o padeiro acaba de deixar na janela. Aquele português sovina. Há três tipos de português: o herói, como teu avô, o Capitão; o trabalhador, como este teu pobre pai, que vai passar a vida a obrar sem receber; e o sovina, como aquele infeliz da padaria, capaz de cobrar uma dívida de pão a um pai de família sem renda para dar de comer aos filhos.

Tesouro e tesoura, acertaste. O que é o que é: tem sete letras, se tirarmos duas fica onze.

Nossa história, primo, é uma narrativa de nomes repetidos. Somos um emaranhado de Joões, Franciscos, Josés e Antónios, de Marias, Anas, Piedades, Conceições, Franciscas, Adélias... Às vezes as pessoas fazem confusão, misturam o Francisco pai com o Francisco avô, e a salada está completa.

Nem sempre a história familiar me chamou a atenção. Quando mais moça, tive outros interesses. Casei-me nova, saí de Portugal, fui viver na África, terra do meu marido. Mantivemos negócios em Moçambique até o final dos anos setenta, quando aquele povo sofrido afinal obteve sua independência.

Vivemos em Maputo até 1975, logo após o fim da ditadura em Portugal e quando a antiga colónia se emancipou. Embora fôssemos de tendência socialista, meu marido e eu, Moçambique não era um lugar acolhedor para negociantes como nós. A guerra começou, a prudência nos mandava de volta à terrinha. Convenci meu marido a deixar sua terra e sua guerra e vir comigo construir uma família em paz.

Foi o que fizemos. Retornamos, como se diz, com uma mão na frente e a outra atrás. Perdemos tudo o que acumulamos por lá em quase dez anos de luta. Entretanto, éramos jovens, fortes e idealistas. De modo que me enchi de força e coragem, sequei as lágrimas pela ruptura com aquele continente que aprendera a amar e iniciamos nova etapa na vida.

Só que o Portugal da Revolução dos Cravos nada tinha de sonho ou ideal. A crise se abateu sobre o país, as medidas do novo regime mais desagradavam que satisfaziam empreendedores como nós, e a inflação era um inimigo oculto a corroer qualquer produtividade. Houve muito tumulto nos primeiros anos. Uma verdadeira baderna.

Instalamo-nos inicialmente em Lisboa, mas as dificuldades foram tamanhas que terminamos por subir de volta a Santa Comba. Aqui em Pinheiro havia os negócios da família, o lagar, principalmente, e a nossa perspectiva foi a de ajudar o meu pai e os meus irmãos a tocar a produção de azeite, o melhor da região.

Bom, para encurtar uma longa história, passamos alguns anos de sacrifícios, outros tantos de prosperidade. Nesse meio tempo me nasceu a pequena, que o primo conheceu. Ela estudou fora e optou por também voltar, casou-se com o Jorge, um bom moço, agora presidente da Câmara, o que equivale à função de prefeito, e tudo seguia a ordem natural das coisas.

Há poucos anos, desgraçadamente, a discórdia instalou-se entre nós. De gente honesta e trabalhadora, humilde nas ambições, começamos a nos tornar mesquinhos, cínicos, egoístas. De uma enorme família amorosa, nos subdividimos em grupos rivais, em contendores numa arena invisível, onde vale tudo, menos a solidariedade. Desgraçadamente perdi meu marido prematuramente, e acabei perdendo também meus próprios irmãos e sobrinhos.

Com a morte dos velhos, e chamo velhos aos avós, aos pais e tios, sobrou uma geração que nada respeita a não ser os próprios instintos e os próprios preconceitos. Digo isso como se eu não fosse já também uma velha, mas aqui em casa chamamos "os meninos" aos da minha – da nossa – faixa etária, e "as crianças" aos de trinta e tal. Aos pequerruchos, bebés.

Hoje temos o lagar fechado, o equipamento se perde para a ferrugem, e a produção restante, nem quatrocentos litros mais, ocupa os tanques que o primo vai conhecer no porão desta minha casa, uma parte, e outra na casa do meu irmão Sérgio. O que começou como litígio até normal entre parentes durante um inventário evoluiu para uma guerra sem precedentes, um rompimento que fez cortar relações, tornou inimigos outrora primos-irmãos.

Anos antes desses acontecimentos, quando voltei a morar em Pinheiro, começou a se manifestar meu interesse pela história da família. O Vovô Francisco e a Vovó Maria ainda eram vivos e conheciam muitas histórias. A minha tia-avó Júlia, irmã do Francisco e do seu avô João, também morreu com mais de cem anos e se lembrava de muita coisa. A minha tia Emília guardava objetos, fotografias, cartas, papéis esparsos... Foi com eles que comecei a levantar um arremedo de árvore genealógica, uma crônica dos velhos tempos.

António, Francisco, Aurélio, José, João, Maria, meus irmãos, onde estão todos vocês? Ulisses, Aníbal, Zezé, estão aí? Lola, Mariquita, Zélia, não tem ninguém em casa? Faz escuro, Sinhá, onde está a Adélia? Onde estão os primos, os tios, os cunhados? Heitor, Catuta, Marocas, vocês também foram embora para Mutum? Carangola? Caratinga? Barra Mansa, Santa Comba? Coimbra? Lisboa?

Ouvi dizer que o Porto está cheio de gente, que a cidade rivaliza com Coimbra. Não quero crer. Coimbra é insuperável em cultura, em história... Coimbra tem a Inês e o Pedro e seu amor de desventura. Quem tem outro igual? É bem capaz que a Torre dos Clérigos supere em esplendor o Mosteiro de Santa Clara a Velha... E a Sé de Coimbra, quanta imponência! Dizem que o Porto tem duas vezes a população de Coimbra, que as pontes são portentosas, do calibre do Douro. Mas pode o Douro fazer frente ao nosso Mondego? Pode? Zezé, tu que és viajado e culto, acreditas em tudo que dizem por aí?

Não se parecem com o rio Muriaé, mulatinha insolente! Quem é o rio Muriaé para se comparar, nem digo ao Douro ou ao Mondego, ao Minho ou ao Tejo? Pois se não chega aos pés sequer do Dão! Não digas tanta asneira. Pensas que és a substituta da Sinhá? Vou chamar a Mariquita para dar um corretivo nessa empáfia toda. Filha, vem me acudir que estou apertado e não há tempo de chegar à casa de banho. Ainda não me acostumei a essas novas sanitas, dentro de casa e com autoclismo tão moderninho...

"Coimbra nobre cidade,
Onde se formam doutores,
Onde também se formaram
Os meus primeiros amores."

A Sinhá está toda feliz. Diz que o Heitor tomou jeito, não vive mais indo à capela, entregue à caninha. O Zezé foi para Mutum, ajudá-lo no cartório. Quando o Heitor viajou, proibiu o sobrinho de mexer no tal armário. O Zezé, que aprendeu comigo e com o senhor Plínio a manter as cousas bem arrumaditas, foi lá e limpou tudo: caixas e caixas com embalagens do Vinho Reconstituinte Silva Araújo! Foi assim que o Heitor parou de beber, homessa!

Uma hora, claro! Sabes o cúmulo do pescador? Pescar um peixe com a rede de esgotos.

– E tu, primo, de que tronco vens?

– Venho dos Lusíadas para Bocage, desse para Eça, passo por Pessoa e chego a Saramago, sem mais escalas. Sou da lírica lusitana de meu avô e meu pai, mas curtidos, os três, na verve do humor, da crítica, do cáustico. Sou um homem em fim de linha, sem ascendentes nem descendentes, porque esta doce filha que você conheceu me apartou da minha neta desde que dela engravidou. Sou um homem à procura dos motivos, à procura do passado, já que futuro não me resta.

– O primo está a sofrer, o que é natural. Mas verá que nem tudo está perdido. Tiveste um grande amor, primo?

– Tive dois grandes amores: a revolução e a Valéria, minha ex-mulher, mãe de Maíra. A primeira ficou nos sonhos utópicos nunca concretizados, a cenoura amarrada à frente do burro. Após tantas derrotas, crescemos; mas a cada vitória, a cada conquista, mais se distancia a realização do sonho.

– E a segunda? A mulher da tua vida?

– A Val foi de fato a mulher da minha vida. Nos amamos ainda jovens, vivemos tudo juntos, planejamos e realizamos enormes feitos. O maior deles talvez seja a preservação do respeito após quarenta anos de relação. Tivemos uma filha a quem educamos com mais erros que acertos, em meio a conflitos e atritos. Pela presença dela hoje em meu socorro, a tantas milhas de casa, só posso entrever, no fundo de seu coração, algum amor pelo velho e manjado pai. Eu e Val nos separamos há muitos anos, mas a amo sempre.

– E depois disso nunca mais voltaste a amar?

– No momento, prima, estou apaixonado pela minha oncologista, a doutora Sara, ou talvez pelo nome dela, quem sabe? Ah, caí de amores também pela enfermeira do Hospital Universitário, a quem chamo Teresa Salgueiro.

– Bom gosto tens, primo. Cá em Portugal somos todos apaixonados pela Teresa Salgueiro. Cantava, a enfermeira? Ou era só parecença física?

– Se cantava não sei, era o tipo físico mesmo. Pra ser franco, prima, pelo estado de abertura do meu coração, estou pronto a me apaixonar por qualquer ser que me faça um afago. Se você tivesse em casa uma cadelinha a me abanar o rabo, era por ela que meu coração estaria a se derramar...

– O primo é mesmo pândego. E romântico, posso apostar. Ideais socialistas, um grande amor, me lembra uma história que conheço. E que envolvia outro João, um certo João Henriques.

– É vero, meu pai me disse que o pai dele foi livre-pensador na juventude.

– É o que também ouvi. E que esse foi um dos motivos de desentendimento entre ele e a família.

– Sim, mas houve também uma briga. Sabe por quê?

– Pode ter sido por causa da prima.

– Prima? Qual delas? Não tenho esse registro.

– Adélia, como eu.

– Desta nunca ouvi falar. Prima dele?

– Sim, cresceram juntos. E foram meio que namorados na mocidade.

– Uau, o velho João andou pegando uma ninfeta?

– Não troces, primo, que o caso foi triste.

– Ah, foi? O que rolou?

– "Rolou" que os tios desaprovaram o namoro. Por vários motivos. Porque eram primos. Porque o seu bisavô já havia saído da quinta e deixado de lado os olivais e o lagar. Porque, alfaiate na cidade, não tinha mais o padrão de vida da nobreza rural. Porque seu avô cultivava ideias pouco cristãs... Não sei por quê, primo João. Só sei que muita coisa ocorreu naquela década de 1880...

– Xi, no Brasil, muita coisa ocorreu naquela década: abolimos a escravidão, proclamamos a república...

– Enquanto isso, na freguesia de São Miguel de Pinheiro d'Ázere, dois jovens em seus quinze, não mais que dezessete anos, não podem viver seu amor.

– João e Adélia?

– João e Adélia.

– Como nós, prima!

– Como nós, primo. Só que diferentes.

E agora, com a guerra começada, mais uma vez a Sinhá adoece de preocupação. Não temas, Sinhá, que o Ulisses não vai à guerra. Está fardado na caserna, mas não vai ao fronte. A cousa se resolve entre eles, não chega às vias de fato. De nada adianta consolar a Sinhá. Coração de mãe, sabes como é. A pobre não dorme à noite, enquanto os filhos servem ao país. Viste como ficou garboso o Zezé na farda? Não viste? Pois já chegou a sargento, o nosso caçulinha! E o Ulisses, a tenente!

A Sinhá me pede para riscar um terno com o tecido grosso que mandou o Ulisses. Teme que chegue o inverno e o miúdo passe frio lá naquelas lonjuras onde foi morar. As calças de brim já fiz rapidinho, minha senhora. O primogênito não vai ficar sem calças, sossega. Com a falta de encomendas, prefiro me ocupar aproveitando para o Zezé as roupas usadas do Aníbal, recortando e refazendo uma calça aqui, um paletó ali, enquanto ela própria, a Sinhá, reaproveita os vestidos da Mariquita para trajar a Lola. São todos tão miudinhos, tão fácil costurar para eles...

Também a Marocas mandou do Rio uma sacola com roupas dos filhos para os primos pobres. Não nos fizemos de rogados. Cortamos daqui, apertamos dali, e olha os pequenos trajados como se roupa nova fosse. Para alguma coisa servem a oficina, ociosa boa parte do tempo, e a arte de quem passou a vida a cuidar de filhos, irmãos, marido, sobrinhos. A minha Sinhá, doce flor da cerejeira que caiu sobre o colo deste imigrante desastrado.

"Triste sou, triste me vejo,
Sem a tua companhia.
Tão triste que nem me lembro
Que fui alegre algum dia."

A guerra que ameaça nossos filhos conscritos. Os rapazes, miudinhos que o sejam, foram convocados e agora prestam serviços de escritório e contas, já que para o fronte não revelam aptidão. Mas só o Ulisses e o Zezé, que o Aníbal, doentinho, foi dispensado. E olha que os três dominam a datilografia! O senhor quer crer que todos os meus filhos homens se empregaram em bancos e escritórios? E que as nossas duas filhas são professoras no colégio? São bons de aritmética, nossos belos sacripantas! Nenhum saiu a mim ou à mãe nas habilidades manuais.

Mariquita, não tens que ir ao colégio hoje? Não te esperam as alunas do Normal? As marcelinas estão a te chamar, é hora de aplicar provas e tarefas. Não vais hoje à igreja, não vais organizar a procissão do Santíssimo? Tua mãe prometeu que estarias à frente de tudo. Disse ao padre José – ou foi ao padre Massimino? – que contasse contigo. As filhas de Maria te esperam para as preces do Ângelus, Mariquita. Deixa pronta a minha sopa e corre a cumprir tuas obrigações de mestra, ovelha e pastora. Filha minha, mas não te esqueças de trazer o pão que o padeiro dever ter deixado à janela, pois não?

Pinheiro de Ázere é um pinheiro típico da região à qual dá nome. Cada dia mais raro, está em extinção. Taí um bom protesto para eu encabeçar: movimento contra a extinção do pinheiro de ázere na região de Pinheiro de Ázere. Assim, quem sabe, os azereiros sobrevivem para contar histórias de amores proibidos.

É uma cidade tão pequena! Na verdade, uma freguesia, um distrito tão pequeno, que ainda hoje sua população não supera os mil habitantes. Pertence ao concelho de Santa Comba Dão, distrito de Viseu, como se denomina em Portugal, e é governado por uma junta eleita. O mais votado da lista é o que chamamos de prefeito. O primo Jorge.

Se hoje impressionam as dimensões tão diminutas da localidade, faça uma ideia nos anos de 1870, quando nasceu o meu avô, 1880, quando sofreu males d'amor, 1890, quando fugiu para o exterior... Consta (nos alfarrábios da prima Adélia) que no princípio não era bem o verbo, mas uma verba alta, com toda a família possuindo boa parte do território da freguesia, numa única e poderosa quinta que produzia de tudo, mas, para enriquecimento dos Henriques, basicamente vinho e azeite.

Na geração do meu tataravô, os irmãos subdividiram a propriedade em seis quintas, cada um se dedicando ao que melhor lhe aprouvesse. Meu trisavô ficou com uma.

Tinha uma filharada, mas seu primogênito, o irmão mais velho do meu bisavô António, era autoritário, se sentia com mais direitos e, de fato, se adonou da quinta. Queria se adonar da vida de todos. Os outros aceitaram sua liderança, mas meu bisavô não. Por causa disso, rompeu com a tradição rural e foi ser alfaiate na cidade. Casou-se com Piedade, também costureira, montaram oficina, mudaram de ramo e de patrão – ou seja, se libertaram do jugo do irmão mais velho.

Joaquim, o Quinca Henriques, era o nome do tio de meu avô, o dono da quinta, o pai de Adélia. Foi por ela que o jovem João perdeu a cabeça. Ela também, pelo que a minha prima Adélia levantou, era caída pelo primo desde meninota. Eram amigos íntimos, de passear pelos campos, de contemplar pôr do sol, de recitar versos. Mas uma coisa era tentar cooptar o sobrinho para a lida na roça, tirá-lo da área de influência do pai e puxá-lo para a sua. Outra era aceitá-lo como genro, quando o passe de Adélia poderia render-lhe melhor negócio. Quinca Henriques não só não aceitou o namoro como afastou Adélia dali. Mandou-a pro convento de Coimbra e de lá ela só saiu para se casar com um herdeiro de nível, de rica família de Viseu.

João era mais pobre que o tio, mas sabia que a herança de seu pai e dos demais havia sido usurpada por Quinca Henriques. Artimanhas cartoriais, a complacência de alguns e a subserviência de outros facilitaram para que as coisas se tornassem legais. Foi aí que João começou a se revoltar e a abraçar ideias subversivas, de confronto e libertação. Mas seu pai António não concordou com a postura do caçula. Sem apoio de ninguém, restou a João virar as costas para quem lhe virara as costas e dar adeus àquela rede de cobardia que lhe dilacerava o coração.

Quando se foi, João se dava apenas com os irmãos Francisco, avô da prima Adélia II, e José, pai de alguns primos com os quais tinha mais afinidade. Foram os filhos dele, sobrinhos do Vovô, que chegaram a visitá-lo em Muriaé tempos depois. O João, que nossa família chama de primo João, conheço de foto. Meu pai e meus tios brincavam que ele era pretendente da Tia Mariquita, mas penso que não passava de troça dos irmãos pra cima da irmã solteirona e carola.

Complicado de acompanhar? É como diz a prima Adélia: uma teia bem tecida, cheia de nós difíceis de desatar. João nunca mais viu Adélia. Não voltou a Portugal. No Brasil, viveu pelo menos uns dez anos no Rio de Janeiro. Ao chegar, a falta de opções era tamanha que trabalhou até de pedreiro, cavando buracos nas ruas para ajudar na urbanização da capital do país.

Aos poucos, envolveu-se em passeatas e outras arruaças revolucionárias, patrocinadas pelos anarquistas. Por intermédio de um amigo que conheceu no navio, parente da minha avó Alice, conheceu a família do Capitão Domingos, também português, titular do cartório de Muriaé. Mais de uma década depois, fechada a ferida, podia de novo abrir o coração para um novo sentimento. Esse sentimento, para ele, se chamava Sinhá. Para sempre.

A saúde por aqui não vai nada bem. Depois das febres da gripe, estamos agora às voltas com as febres do dengo. Caímos de cama eu e a Sinhá, agora foi a vez do Aníbal. O Zezé será o próximo. Todo o quarteirão da vizinhança vitimou-se desse mal que derruba a todos, deixando cada um sem forças para reagir. O doutor Assis esteve aqui e nos trouxe medicamentos. Nada a fazer contra a doença, mas pelo menos a temperatura baixa um pouco.

Pobre muriaeense, penso eu. O senhor quer crer que o hospital que aqui havia foi fechado depois que se foram os médicos que cá atendiam? Felizmente, um doutorzinho alemão entrou agora de sócio do doutor Evaristo. Abriram uma casa de saúde que animou a todos. Até apendicite estão operando, sem barulho e com bons resultados!

Nossos pobres meninos, tão fraquinhos, mirradinhos, salvaram-se da maleita e da diarreia. Da febre e dos enjoos. Ó pobreza que nos aperta até na hora de dar de comer aos filhos pequenos! Digo-vos, senhores, que esta terra brasileira tem muitas oportunidades, mas poucas delas sorriram para este português. O que nos falta agora? Que as irmãs recusem a matrícula da Mariquita justamente quando ela está prestes a se formar e tomar posse como professora do município? Bem na hora de perceber um ordenadinho que, trezentos mil réis que sejam, nos serão úteis para o remédio, a carne e o pão de cada dia...

A Lola já está empregada com as irmãs, arrumou um namorado italiano e em breve se casa. Ó Mariquita, não fales mal da tua irmã. Que ela já tem filhos e tudo mais? Donde tiraste tal asneira, criatura, pois se a Lola é ainda uma mocinha e pula corda feito um macaco na rua, vestido arregaçado e amarrado nas pernas? Cuida, Sinhá, que teus filhos caçulas são a corda e a caçamba, o Zezé e a Lola! Cabecinhas leves...

Sim, Mariquita, a Nininha é uma criança adorável, não vês como ela se ri toda para o avô? Filha da Lola, eu não sei? O senhor quer crer que meus filhos pensam que estou doudo, que não sei que meus netos são meus netos, que minha mulher morreu há trinta anos. O senhor doutor aqui veio me trazer vitaminas para a memória. Querem crer que estou esquecido e tal. Pois digo ao senhor e repito ao doutor Assis, ao doutor Evaristo, a quem quiser ouvir: estou em pleno domínio das faculdades mentais e penso que tudo não passa de troças de alguém sem mais o que fazer.

"Não há nada neste mundo
Como viver ao desdém,
Mostrar carinhos a todos
Sem ter amor a ninguém."

Ouviste dizer, filho, do sucesso das festas do mês de Maria? Houve sorteios e leilões que alegraram a tua mãe. Fizeram dois grandes bonecos, um casal. Pois acreditas que o boneco homem recebeu uma porção de ofertas, enquanto o da mulher ficou desprezado, sem despertar o interesse de vivalma? A tua mãe não deixou por menos. Diz ela que o resultado do leilão comprova apenas como a mulher anda desprestigiada em nossa sociedade. Rebelde a minha Sinhá, não?

Sabes o cúmulo do poliglota? Falar a língua do sapato.

Passei muito mal durante a visita à prima Adélia. Maíra e Helena não sabiam o que fazer, mas a prima, com a calma que Deus lhe deu, sossegou a todos. Me arrumou cama no quarto de hóspedes, preparou chá e uns biscoitinhos bem leves, pareciam de papel. Será esse o gosto de hóstia? Faz tanto tempo que comunguei pela última vez, meio século, pelo menos, que não sou mais capaz de lembrar com as papilas gustativas. Depois de comungar e de tomar o remédio, caí no sono. Dormi em Pinheiro de Ázere!

Quando, em meus sonhos mais fantasiosos, eu poderia imaginar que dormiria em casa da família Henriques na cidade de onde saiu o patriarca brasileiro dessa linhagem portuguesa de poetas amadores e amantes profissionais? Sob os cuidados da prima, em poucos minutos esqueci as dores por todo o corpo, o frio que enregelava minhas extremidades como se estivéssemos no inverno, e olha que estávamos em pleno verão europeu, algo quente. Mãos e pés pareciam prestes e a congelar, doíam, sensíveis até à água morna com a qual os lavei antes de me afundar embaixo das cobertas oferecidas pela prima.

Foram algumas horas de sono pesado e sonhos nebulosos, dos quais pouco resta senão sensações ancestrais. Ondas de memórias inventadas, saudades de fatos abortados, vultos inesperados a cortar frinchas de portas e janelas de alguma casa onde nunca estive e, com certeza, jamais estarei, por inexistente. Sombras, projeções desfocadas, sussurros desconexos, piados tristonhos de pássaros pré-históricos extintos séculos antes das ações predatórias dos homens. Mugidos de ruminantes sem peso, odores de suores improváveis, foi com coisas assim que sonhei durante as horas que dormi no quarto de hóspedes da casa da minha prima, na grande avenida da cidade de mil habitantes, onde os pinheiros que lhe dão nome estão em vias de extinção.

Acordei com um facho de luz se infiltrando pela fresta da janela. Me levantei pra ver o que era e o sol tentava dar boas-vindas, ainda sonolento, como eu, como se viesse de outro mundo, do mundo dos mortos ou dos moribundos. Nos identificamos um com o outro. Mas antes que ele saísse de vez, pude ver os fracos lampiões dos postes da avenida principal, frágeis ensaios de iluminação pública num país de primeiro mundo, comunidade europeia de cultura milenar.

Quase em frente à casa da minha prima, do outro lado da rua, pegado à casa de Helena, vi pela primeira vez um casarão caindo aos pedaços. Deve ter sido suntuoso – outrora. Agora, era o retrato da decadência de um país em crise, onde a dinheirama correu solta desde a integração europeia, mas no meio do caminho a fonte secou e nem tudo que era pra ser feito saiu do papel. Desde Lisboa vinha observando as propriedades reformadas, telhados novos, paredes com tinta quase fresca. Mas tudo parou no meio do caminho. Ficou pelas metades. Como aquele casarão, que perdeu janelas e batentes, substituídos por tábuas porcamente colocadas apenas para evitar o indesejado invasor – como se aqui em Pinheiro houvesse hordas de sem-teto à espreita de uma vaga na mansão de algum ex-rico.

A visão daquelas ruínas quase em frente à minha janela me deixou atônito, agoniado. Embora eu não me lembrasse de nada direito, aquilo se parecia com meu sonho angustiado. Certamente eu devo ter visto a imagem quando cheguei, na véspera, mas não a registrei, pois só tinha em minhas retinas a doçura de Adélia a me acolher, me cuidar, me embalar e animar com suas histórias do passado e sua confiança na cura do cancro. Antes que eu dormisse, ela tinha repetido, com firmeza, que eu não estava condenado e que, se eu aceitasse, me ajudaria a sair dessa. Ri com a ironia que tenho, e que é tudo que tenho, pois não creio em nada, muito menos em "wishful thinking", mas como estava acreditando em tudo que ela me dizia, quem sabe essa conversa não entrava junto na conta, infiltrada, sem que eu me desse conta?

Quando bebi um bom gole da água que ela deixou na minha cabeceira, o conforto proporcionado pelo frescor daquele límpido líquido me fez sorrir novamente, mas desta vez sem ironia. É que percebi que havia melhorado de tudo que me derrubara na véspera. Nada de dor pelo corpo, nada de enjoo, nada de cabeça pesada, nenhum frio estranho nas mãos ou nos pés. Ainda não sentia fome, então decidi dar mais descanso ao corpo, voltei para a cama e me aconcheguei naquele edredom cheirando a alecrim e fechei mansamente os olhos. Se minha oncologista sintomaticamente se chama Sara, Adélia parece a cura.

Meu querido São José, protetor dos nossos filhos. Nunca fui de grandes diálogos convosco, mas sabeis muito bem que tenho acompanhado minha senhora em todas as novenas, trezenas e outras devoções a vós, meu santinho, bem como à Virgem Maria e aos Sagrados Corações de Jesus e Maria. Podeis bem perceber que minha esposa vos devota mais preces e sacrifícios do que eu, muito embora, se não contam, devessem pesar a seu favor os sacrifícios que um cristão faz para manter alimentada e vestida a família.

Venho a vós, ó São José, operário como eu, pedir-vos uma graça singela: que protejais os meus filhos que vão à guerra, pois tiro e doença não poupam rico nem pobre, mas a guerra elege, entre os engajados, aqueles que vão morrer diante da baioneta e aqueles que vão contar os mortos e noticiar no telégrafo às famílias, e aí sim se pode perceber a diferença entre ricos e pobres, entre quem tomba no fronte e quem relata o heroísmo.

O Ulisses e o Zezé estão ao vosso serviço, senhor São José, desde que nasceram. Demos até o vosso nome ao nosso caçula, que vos honra com a honestidade, a inteligência, o carinho de bom filho e a retidão de cidadão de bem. Não é justo que agora, que virou homem e tem pela frente toda uma vida, com anseios de constituir família, prosperar materialmente e enriquecer espiritualmente, lhe seja colocado o empecilho de servir de alimento aos canhões dos alemães.

Cá em Muriaé, como no meu Portugal, nunca fizemos pouco caso de estrangeiros, mesmo porque nossas terras têm em comum a integração com múltiplas culturas. Se por lá nos irmanamos a espanhóis, judeus, árabes e até ciganos, por cá o jovem país vem sendo construído pelo suor misturado de africanos e índios, a italianada, a turcaiada e todo tipo de trabalhador embarcado nos portos possíveis, de Calais, Marselha ou Lisboa.

Ó Ulisses, já te contei da minha vinda para o Brasil no navio? O senhor quer crer que foram quase dois meses de penas e medos, em meio à fome e à doença? Não, não gosto de relembrar tais episódios, afinal, o que passou, passou, e o importante é que cá cheguei, cá fiquei e cá estou. Sem o destemor de Vasco e seus homens, sem a bravura dos Lusíadas, sem as bandeiras desfraldadas a singrar o Atlântico em jornadas aventurosas e heroicas, foi tão penosa a travessia que prefiro dela nem me recordar.

Sarampo e diarreias eram as moléstias mais comuns. Pessoas ficaram pelo mar oceano, mas tínhamos que engolir os temores e seguir adiante, a mirar em frente e fechar os olhos ao que víamos em volta. Foi ali, na terceira classe, onde nos amontoávamos, emigrantes pobres, que a disenteria atacou impiedosa. Como esquecer o rostinho ossudo de uma criança sem forças nem para ficar de pé? Já sabia andar, o miúdo. Nos primeiros dias corria pelo convés, a distribuir sua inconfundível alegria infantil. Vitimado pela água suja, rapidamente minguou, se esvaiu, e a única coisa que sobrou de vivaz, a última a se apagar, foram os olhinhos arregalados, em agonia, postos no horizonte que jamais chegaria para ele.

Ao ver aquele menino morto nos braços do pai, o desespero da mãe, o desconsolo de todos em volta, me debrucei na amurada e vomitei tudo que havia e o que não havia dentro de mim. Mas não era a doença que me pegara. Era apenas tristeza. Imaginava que sair da terra e cair no mundo fosse doer, mas não calculava o quanto. O senhor consegue calcular? O senhor já adoeceu de dor, mas daquelas que doem n'alma, não no corpo?

Filho, foi a Zélia que morreu no navio? A Zélia morreu na nossa casa, mesmo, no bercinho ao lado do Zezé? Claro que me lembro. Foi o Cristino quem fez o caixãozinho. O padre Massimino batizou a defuntinha. O padre José. Acendemos uma vela miúda na beira do berço, oramos, pranteamos nossa bebé sem vida. A Sinhá começou a morrer naquele dia. Daí para se finar de fato não custou muito.

Quando chegamos ao porto do Rio de Janeiro, depois de intermináveis escalas, ainda tivemos que amargar quarentena por causa de uma epidemia de febre amarela. O vapor, naquela época, parava em vários portos pelo caminho, desde as ilhas portuguesas até a costa do Brasil, com gente desembarcando em Pernambuco, na Bahia... Mas, para nós, a espera ainda teria que durar mais, enquanto as autoridades não descartassem a contaminação pela febre amarela na nossa embarcação.

O senhor já ouviu essa história? Não, não falo para me gabar. Foram dias difíceis, aqueles. Milhares de portugueses em busca do eldorado, do país do ouro, das riquezas e oportunidades. Quando troquei o Rio por Muriaé, seguindo sugestão do primo Onofre – não, menino, primo da Sinhá, primo do Velho, daí então virou primo de todo mundo, ora pois –, vim atrás da riqueza do café, que já por aqui se cultivava. Tendo ofício de alfaiate, eram favas contadas cortar e modelar os fatos mais chiques para os endinheirados da sociedade cafeeira. Mal sabia eu que, se para coser seria era o primeiro, para receber terei sido com certeza o último dos mortais!

"Valentes descobridores
Que assim nos diz a história.
Faça-se sempre memória
Àqueles descobridores."

Enquanto eu fiquei na casa da prima Adélia, Maíra voltou para o hotel para dormir por lá. Não quis pernoitar. Disse que ainda precisava resolver algumas coisas em Coimbra. Acho que quer ir embora. Acho que vai me deixar.

– Resmungando, velho?

– Você foi se ajeitar pra ir embora, né?

– Fui. Preciso seguir amanhã, pai. Pensava que iria te levar comigo pra dar continuidade ao tratamento no Brasil, mas suspeito que você não queira ir.

– Acertou. Adélia está me convidando pra ficar. Disse que aqui, sendo tão perto de Coimbra, compensa pousar durante o tratamento. Prometeu me acompanhar ao hospital nos dias de consultas e quimio. Você acha que tô forçando a amizade?

– Em outros tempos eu diria que sim. Uma semana atrás eu diria que você não se manca mesmo. Agora, depois de tudo que tá rolando por aqui, começo a acreditar até na misericórdia humana. Você não?

– Eu sou um tipo muito contraditório, Maíra. Como

você mesma diagnosticou, sou incorrigivelmente crédulo e cético, o ateu mais místico, o otimista mais derrotista, o humanista mais materialista, e vice-versa.

– Mas de uma coisa você pode ter certeza: sua doença tem cura. E se não tiver, tem tratamento. Tem melhora. Tem melhor qualidade de vida – ou pior, se você optar pelo caminho errado.

– É, tô começando a me convencer disso.

– Embarco amanhã à noite pro Brasil, mas ainda temos hoje o dia inteiro e a manhã de amanhã. O que mais posso fazer por você?

– Você prometeu me ajudar na pesquisa. Me deve uma ida a Viseu, pra conseguir os documentos, o registro do Vovô João, o que mais?

– Isso. Vou lá hoje. Se você estiver se sentindo bem, pode ir comigo. Não é longe. Mas se quiser ficar repousando, pode deixar pra outro dia. Tempo não vai te faltar.

– É verdade. Quanto melhor me sentir, mais quero passear. Você pode trazer pra mim a bicicleta? Mesmo sabendo que hoje é impossível pedalar, daqui a alguns dias pode ser que esteja em condições. Tô doido pra conhecer a tal ecovia que sai de Santa Comba e segue a linha desativada do trem. Diz que margeia o rio, que a vegetação é fantástica, e ainda passa por Tondela, pela região de Lafões...

– É, a Helena me falou tudo isso outro dia. Eu trago a bicicleta com suas coisas. Claro que em breve você aguenta. E de dinheiro, você precisa?

– Não, tô legal. Antes de vir pra Portugal fiz um planejamento pra gastar tudo que pudesse nessa viagem. Sabia que poderia ser a última. E como minha única filha é rica, não precisa da herança furreca do pai, relaxei, desinvesti o que tinha e botei os ativos na roda.

– Um homem de negócios. Previdente... Já era assim quando era meu pai. Nunca pensou com a cabeça, só com os sentidos... Vai negar?

– Quando você era minha filha as coisas eram diferentes. Os tempos eram outros. Tivemos a ditadura, depois desbundamos, curtimos todos os prazeres da vida. O trabalho era só um meio de sobrevivência e de ganhar algum pra gastar com os gozos da vida... Agora me aposentei, virei um velho, fiquei doente, e não há nada a gozar, senão um facho de sol na perna dolorida.

– Dramático até o fim. Sô João, não faz drama pra prima Adélia, que ela não é boba nada. Não vai ficar com peninha de você. Já conversamos sobre suas manhas e seus truques.

– Ela de boba não tem nem um fio de cabelo. Mas tem compaixão, talvez seja apenas disso que eu precise. Além do mais, é velha como eu, passou pela mesma doença, entende do babado.

– E tem uma paciência que eu não tenho. Fica calminho, mantém o celular ligado e entra na internet sempre que puder. Quero ficar em contato. Qualquer coisa, me aciona. Vou estar no ar vinte e quatro horas por dia. Mas antes, quer ir a Viseu?

– Hoje não, Maíra. Hoje prefiro continuar descansando. Amanhã tenho certeza que vou me sentir melhor e saio por aí. Tô pensando em dar uma olhada nesse casarão aí da frente. Quem sabe eu descubro um investimento para canalizar os sonhos abandonados, os planos interrompidos, os recursos disponibilizados?

"As armas e os barões assinalados
que da ocidental praia lusitana
por mares nunca dantes navegados
passaram ainda além da Taprobana..."[7]

Ah, Camões!

A Sinhá não percebe que sinto frio nesta cidade onde me deixaram. Não é aqui que moro, sabias? O senhor quer crer que me trouxeram para uma cidade estranha, muito além da Taprobana. Largam-me só por aí, sem uma sopa, um pão quentinho para aliviar o frio. Deixa-me quieto, Mariquita, aqui neste banco de praça a desfrutar os poucos raios de sol coados pelas folhas da mangueira. Traz por favor o cachecol de lã para envolver meu pescoço, não sabes como o velho precisa de cuidados para não sucumbir à tosse que mata?

Tiraram-me à força da minha cidade, onde o tempo era definido: inverno era inverno, verão era verão, numa época fazia frio, na outra, calor. No outono as folhas dos pinheiros avermelhavam para depois cair amarelas, na primavera os roseirais explodiam em doçura e meios tons. Aqui nunca se sabe se vai fazer frio no verão chuvoso ou se o sol escaldará no período da seca, quando deveria fazer o maior calorão.

Cidade estranha, não moro aqui, o senhor sabe? Nem sei como vim parar aqui. Imagino que minha filha Mariquita tenha me deixado aqui para ir para a igreja cumprir as obrigações de filha de Maria que lhe determinou a minha mulher. A Sinhá é muito devota, fez promessa a São José para o Zezé se salvar daquela diarreia forte que ele teve. Resultado: agora ele tem que ir à missa todo dia de São José e pagar promessa que os outros fizeram. Bom menino, ele cumpre.

Deixa-me aqui na cadeira de balanço, Mariquita, não quero fazer nada. Quero descansar nesse solzinho da praça. Mantém meus pés aquecidos nessa meia de lã, mantém meu cachecol enrolado no pescoço, mas não me apoquentes. Quero sossego. Quero apenas observar o murmulhar do vento nas folhas, quero ouvir a andorinha piar, quero admirar as crianças que saem do grupo escolar, com sua alegria e sua algaravia.

Neto é muito bom, minha filha. Nunca pensei que gostasse tanto dos netos. O Neném e a Nininha a brincar pelo casarão, a trepar nos galhos e a catar fruta no pé, tudo isso a mim me sabe a música. Devolve-me à infância perdida no meu Portugal. Os folguedos dos irmãos e dos primos, a pescaria no Dão, as festas na vila. Eram quermesses como as que tua mãe promovia em Muriaé, não eram? Não te lembras? Não ajudavas tua mãe nos arranjos dos santos e santas em procissão pelas ruas de Pinheiro d'Ázere? Esqueceste de tudo, ó, ingrata?

"É por todo o mês de maio
Que se apanha a cereja.
Na tua porta não vou
Sem ir ao arco da igreja."

Vem a banda de música, por isso me deixo ao banco da praça. Não tenho disposição para nada. Dói-me a alma de saudade, do vazio que ela me deixou. Preguiça de trabalhar. Hoje não tem corte, não tem costura. Hoje não tem calça, não tem bainha. Hoje não tem gola, não tem lapela. Hoje não tem tesoura nem linha. Nem bordado ou sianinha. Hoje o alfaiate se pôs a rasgar o pano, a desfiar o tecido, a descoser a camisa, a esgarçar o algodão, a picotar o brim, o linho, o cetim, o veludo e a chita.

"Maria Rita,
Vai lavar a chita,
Quanto mais a lava,
Mais bonita fica."

"Amanhã é domingo,
Dia de vestir camisa.
Não tenho quem me lave,
Morreu a minha Luísa."

Faz poucos dias que Maíra voltou pro Brasil e eu cá me aboletei na casa de Adélia, sem cerimônia, como se fosse da família. Imagino que a tradicional sociedade pinheirense deve estar incomodada com a presença de um homem na casa de uma mulher sozinha, mas com essa conversa de primo pra cá, primo pra lá, fica tudo como está e ninguém tem nada com isso. Mesmo porque não rola nada entre mim e a prima. Embora ela seja a delicadeza em pessoa e me estimule muito a reagir a esse mau pedaço que estou atravessando.

Ontem mesmo me levou a Coimbra, onde tinha horário marcado no hospital, para controle dos efeitos da químio, exames de sangue, essas coisas. Vi a Teresa Salgueiro por lá. Ela me repetiu pela enésima vez seu nome verdadeiro, mas não consigo guardar. Fico pensando: como é mesmo? Teresa, né? Mas não é, e agora ficou tarde para aprender novidade.

Em Pinheiro, meus dias são a expressão do antiestresse. Acordo cedo e ajudo a prima a pôr a mesa do café, a colher na horta os legumes e as verduras do almoço. Comemos frutas no pé. A época é de cereja. Nunca tinha comido cereja assim, *in natura*. A intimidade crescente me obrigou a contar pra prima um segredo que pensei que levaria comigo para o túmulo.

– Prima, vou te revelar: lá em Muriaé, a cidade do meu pai, onde o Vovô João se estabeleceu, a gente fabrica cereja.

– Como assim fabrica cereja?

– No Brasil não temos cerejas assim como vocês. Em Muriaé muito menos. É terra por demais quente. Então, ciumentos dos europeus e sem acesso a essa delícia, os brasileiros inventaram um jeito de compensar essa carência. Fabricam falsas cerejas.

– Falsas? Não estou percebendo, primo. É mais uma troça do primo, com certeza.

– Você conhece mamão, claro.

– Claro.

– O mamão verde dá um doce gostoso. A pessoa compra no mercado um doce de cereja em calda, come a cereja enlatada ou a usa de enfeite em bolos e outros pratos, mas guarda a caldinha da cereja. Aí faz o doce de mamão verde, tirando bolinhas da fruta com o uso de um instrumento inventado para dar a forma redonda a certos alimentos. O doce fica redondo e verdinho, claro. Então, mergulha-se o doce de mamão verde na calda da cereja. Dá-se um tempo, as bolinhas absorvem a cor vermelha e o sabor da cereja. A consistência é praticamente a mesma, e está vendido o gato pela lebre.

– Ó, primo, mas isso não é honesto. Onde já se viu servir doce de mamão como se fosse cereja?

– Quem não tem cão caça com gato, prima. É enganação, mas duvido que alguém ache ruim. É um traço de personalidade do brasileiro. O famoso jeitinho.

– Lamentável. Mas o primo tem certeza de que aquele doce de cereja que comprou para aproveitar a calda e avermelhar o mamão era mesmo de cereja, e não de mamão verde artificialmente arredondado e avermelhado?

– Não, prima. Taí uma certeza que nunca teremos.

Cadernetas de contas a pagar, cadernetas de contas a receber, cadernetas de notas, de versos, diversos. É preciso tomar nota de tudo, ó Aníbal, para que não nos esqueçamos de nada. Os nomes dos filhos, dos netos, dos sobrinhos de cá e de lá. Os aniversários, cuida que não percamos as datas e enviemos ao menos telegrama de congratulações. Aponta ao certo nomes, números, datas, histórias. Filho, faz isso pro velho pai que mal enxerga por trás desses óculos de grossas lentes.

A catarata escurece minha vista, filho. Mal consigo captar o movimento das crianças que saem do jardim de infância. Senta comigo, Aníbal. Este Aníbal que aqui divide o banco da praça comigo não é aquele meu filho Aníbal, espertíssimo, um azougue que fazia malabarismos e quase me escapou para seguir com o circo. Este é outro. É um velho que divide comigo a fresca da manhã enquanto observa o passar das moças de vestido plissado que saem da aula. Um velhinho.

Aquela velhinha que chamam de Mariquita também não é a minha filha Mariquita. Esta é outra. Aquela que me cuidava, que me fazia uma boa sopa na hora da janta, aquela que se formou professora e ajudou a outra a estudar, a Lola. Esta é uma velhinha que faz uma sopa mal e mal coada, coitada, carola igual à outra, mas esta não é a minha filha. A minha filhinha morreu nos braços da minha mulher, de uma doença horrível que me custa falar o nome. O senhor quer crer que a minha filhinha morreu de crupe, sem ar, nos braços infelizes da mãe, a minha doce Sinhá? O senhor a conheceu? Foi-se embora com o pai, o Titio. Foi pro colégio das irmãs. Não tinha vocação, mas foi em obediência ao pai.

"Vim de longe
Cantar a Serrinha.
Quem disse, ó galo,
Que eu era galinha."

A gripe espanhola não nos pegou, mas sofremos enjoos na viagem do vapor. Nunca mais atravessaremos o mar. Adeus, amado Portugal. Não, Mamã, não volto. O Titio não me aceita, o Papá não me aceita, a Adélia me virou as costas, o José me emprestou o da viagem. Já paguei, Papá, não fiquei a dever pra gente tão pobre quanto eu. Quando meu sobrinho João, que cá no Brasil chamamos primo João, esteve em Muriaé, levou para o pai, junto com missiva minha, o dinheirinho suado em paga do que me emprestou para a viagem. Mamã, diz ao Papá que não se envergonhe do filho caçula. Que no Brasil ele honrou o ofício ensinado por ti e por ele.

E esse frio que me congela os pés! É nesse Muriaé que mora um pé de vento que abana as mangueiras frondosas e derruba galhos da goiabeira no rio caudaloso. Terra estranha. Não é a minha terra. Aqui tudo tão diferente. Vive alagada. Onde meus pinheiros, meus azereiros, minha ginjeira amada? Nunca mais a ginjinha que aquecia o peito do jovem sofredor, nunca mais a aguardente de uva que enevoava a consciência de quem precisa mais afogar as mágoas do coração!

"O mar é volante,
O céu é azul,
Embarca, morena, embarca
Formosa filha do sul."

Sabes o cúmulo da força? Dobrar uma esquina.

– Então, primo, vou também te contar um segredo.

– Uau, por essa não esperava. Há algo mais que eu ainda não saiba?

– Há sim. Nunca te perguntaste o que significa o nome da nossa cidade, Pinheiro d'Ázere?

– Ah, sim, com certeza é um desses pinheiros que vi nas encostas no rumo do Mondego. Soube que está em extinção.

– Não tem exatamente a forma de um pinheiro. Trata-se de outra árvore. Aqui a chamamos também de azereiro.

– Bom, é mais ou menos o que eu sabia.

– Como soubeste que está em extinção?

– Prosaico, prima. Pesquisando na internet.

– Pois não conheces então nem a árvore nem seu fruto?

– Não. Ainda não. É gostoso?

– Primo, a frutinha que dá o azereiro é pequena e escurinha, sabe a cereja, mas não no sabor. Amarga, não presta a ser comida.

– Então presta pra quê, prima Adélia?

– É ela que fermentamos para fazer uma bebida típica daqui, a ginjinha. Um licor.

– Uai, se é uma espécie de vinho do Porto, já tomei cálices e mais cálices, quando ainda podia me perder nos vapores de Baco!

– Não é vinho do Porto. Toma um cálice para te inteirares do sabor. Eis a ginjinha, primo. A bebida do fruto da ginjeira, azereiro, pinheiro de ázere.

– Prima...

– O que foi? Não te sentes bem?

– Não é isso, prima. É que me sinto num ritual de iniciação aos mistérios da terra e da família, e logo agora que estou de partida.

– Não digas isso nem de brincadeira, João. Esta viagem está apenas a começar. Não deves, durante o tratamento, te embriagar. Mas esse golinho que darás vai te levantar as forças e te transportar para onde tanto almejas ir. Vou contigo, não há perigo.

– Adélia, tu não existes! Onde estavas todo esse tempo em que bati cabeça por aí, sem eira nem beira, doente de tédio e embriagado da minha própria empáfia?

– E não é que o primo João, com tão poucos dias de contato com as raízes, já começa a falar como português?

O cúmulo do padeiro? Assar o Pão de Açúcar.

Em casa não tínhamos o hábito da bacalhoada. Comíamos mais frequentemente carne de borrego, aquele carneiro tenro, novinho, ou uma vitela, um lombinho de porco. Galinha, também, mas com menor frequência. Chamávamos bifana o bifinho de porco que eu tanto apreciava quando menino. Mas isso foi antes, muito antes. Hoje no Brasil a minha filha me prepara a minha sopa de galinha sem a qual não passo. Não vou dormir sem a canja, que leva, além do franguinho, o arroz bem cozidinho.

A Mariquita, minha filha mais velha. A outra é a Lola, a mãe dos meus netos, Nininha e Neném, que tanta alegria trazem para esta casa. Todos os dias vêm me ver, me desafiar nas charadas, aprender trovas e quadras. O riso da minha neta me faz sorrir de saudades da infância dos meus filhos. Por que crescem, ó meu Deus? Inda outro dia estavam a correr pela casa, o Zezé atrás do Aníbal, a Lola a se fazer de homenzito no meio dos irmãos, sem pejo de jogar bola com eles, douda para se misturar aos meninos, a pular corda, a trepar nos pés de frutas, a cair no corguinho que passava nos fundos de casa.

Ó Mariquita, o que é feito do corguinho que passava cá nos fundos? Taparam para acabar com o alagado do tempo de chuva? Bom mesmo era na casa do avô, não é não? Lá os miúdos tinham no quintal o próprio rio Muriaé, caudaloso e cheio de mistérios. Lá podiam improvisar um balanço nos galhos, pendurar-se e saltar n'água, espirrando para todo lado e se esparramando como macaquinhos domésticos. O Velho adorava ver os netos a dominar a terra, a água e os ares. Foi assim que o Aníbal se tornou o mais valente escalador das alturas – e deu no que deu, pobre do meu filho...

Ó senhor Capitão, não sabeis que vossa filha não suportou a dor da vossa perda e adoeceu em seguida à vossa morte, partindo para deixar-me só neste planeta vazio? É verdade! O senhor quer crer que a minha doce e pobre Sinhá finou-se logo depois do pai, para consternação não apenas minha, como de toda a família? Do meu lado, meus filhos ainda jovens, o Zezé nem adulto era ainda, e os demais tão ligados à mãe... Do lado dela, a mãe, dona Elisa, desconsolada, os irmãos a perder aquela que lhes foi como a segunda mãe, e mais o choro dos sobrinhos, dos primos e amigos...

Toda Muriaé enlutou com a perda da pianista de mão cheia, da bordadeira, daquela que fritava os melhores pastéis... O padre José – ou terá sido o padre Massimino?, já não tenho certeza – mandou celebrar missa atrás de missa. As carolas da igreja, a quem minha mulher tanto ajudou na organização das festas de santos, as freiras do colégio, as filhas de Maria, os congregados marianos, todos em lágrimas a cada dobre do funesto sino...

Ó vida desgraçada, ó Deus, por que levastes minha Sinhá naquela noite de terror? Noite de febres e dores, nem prazo houve para levá-la ao hospital, nem médico deu tempo de chamar. Tosse. Tosse e arde em febre.

Olhos marejados se fecham, a linda cabeça tomba de lado, sem aquele último suspiro de amor. Acalmou-se em um segundo e o que era ricto de dor no rosto ainda jovem fez-se a paz da morte inexorável.

"Volta do campo, ó meu amor. Volta depressa, por favor."[8]

Deus cruel, por que não nos destes mais que uns poucos anos de felicidade? Não blasfemes Papai, não blasfemes Papai, só isso que sabes dizer-me, ó mulher? Pois, se houvesse justiça neste mundo, um dia os pobres que lutam haviam de alcançar alguma dignidade.

"Sexta-feira da Paixão,
Se os passarinhos soubessem,
Não mexiam nos seus ninhos
Nem punham os pés no chão."

Ó Sinhá, ouve a trova que fiz para ti:

"Tenho escritas no meu peito,
Com letras feitas de dor,
Duas palavras que dizem
Saudade uma, a outra amor."

E assim canto, pois é o que me resta a fazer nessas tardes lerdas aqui sentado ao sol a balouçar sobre a cadeira, para a frente e para trás, qual relógio doudo, a lembrar e a chorar com os olhos secos de saudades por aquela que nunca foi minha, mas que minh'alma teima em conservar intacta, o sorriso preso eterno na moldura desse coração cansado.

Hoje acordamos cedo e fomos ao salão do barbeiro. Máquina zero. Tudo porque percebi que meus cabelos estavam caindo mais que o normal. E o pior: do grisalho, caíam apenas os pretos. Os brancos estavam ficando pra trás, me deixando com mais cara de velhinho do que já sou. Pra isso serve a perspicácia da prima: mandou passar a máquina e enfrentar a inexorável calva de quimioterapia.

Diz ela que, quando teve, passou por tudo isso, e que não doeu nada. Mentira, claro. Qual mulher é capaz de rapar a cabeça, adotar um lenço ou boininha no verão e uma touca de lã no inverno, sem questionar a autoimagem, sem conflito com o amor próprio? Não tive coragem de perguntar, mas ela mesma me contou que fez a mastectomia de um dos seios, com posterior reconstituição. "O cancro, disse ela, é um inimigo que se combate de frente, com coragem e lança em punho." Até para tratar do tema o jeito deles é diferente do nosso. Ou será o jeito dela, essa senhora com cara de boa velhinha e espírito de descobridor dos sete mares?

Só sei que apreciei a ginjinha que ela me apresentou. Um licor como ela, forte e delicado. Com jeito de coisa antiga, ancestral, mas ao mesmo tempo, pra mim, novidade. Sinônimo de futuro. Afinal, pra quem veio pra Portugal pensando que morrer era tudo que lhe faltava, conhecer até bebida alcoólica nova é realmente surpreendente. Pra quem achava que já havia bebido sua cota nesta vida – fumado, cheirado, inalado, mascado, espetado, injetado, aspirado, mastigado e processado de um tudo –, essa cidade não para de propiciar sensações. Nem digo a cereja no pé, a melhor fruta que tive o prazer quase orgástico de saborear. Aqui tudo, tudo, tudo me deixa chapado.

Mas a grande novidade não vem de prazeres etílicos nem culinários. Perguntei à prima sobre o casarão em frente, de quem era e por que estava fechado daquele jeito, cheio de tábuas feias e caindo aos pedaços. Apostava que seria consequência da crise econômica que se abate sobre Portugal. Quebrei a cara. O casarão é produto de outra crise, semelhante à da família Henriques. Objeto de disputa de herdeiros de uma família quase em extinção, ficou parado no tempo sem aparente solução.

Dois primos, filhos de irmãos que já morreram, teriam direito a ele, mas não se entendem. Poderiam muito bem vendê-lo e rachar a grana, mas nenhum dos dois quer vender. Os dois querem ficar com ele. O que fazer? Um primo oferece uma merreca ao outro pra ficar com a metade dele, o outro não aceita, e assim a coisa empacou. Um mora em Lisboa, o outro em Coimbra. Minha proposta é procurá-los e oferecer a eles um "aluguer", como se diz por aqui, pra dar uma guaribada na casa e me estabelecer por lá enquanto for possível. A prima Adélia acha que pode dar certo. Pelo menos, enquanto não se entendem, faturam algum e alguém faz o que eles não fizeram: manutenção.

Quero aquela casa. Não que precise sair da casa da prima na correria, mas é que não suporto mais olhar pela janela e ver a decadência de um imóvel tão imponente, certamente cheio de histórias pra contar. Que conte pra mim, pois é pra lá que vou.

O site de conversa pela internet toca no meu notebook. Soa a campainha, só pode ser Maíra, que chegou ao Brasil, me mandou e-mail e combinou de fazer a chamada online. Atendo ansioso, namorado saudoso da paixão que reencontrou e que se foi correndo, e olha quem me aparece na tela, moça, quase irreconhecível! Stephany!

– Oi, Vô. Como é que você tá?

– Engasgado, filhota. Sem palavras. Fala aqui com a prima Adélia, que vou tirar um cisco do olho e volto já.

Sabes o cúmulo do barbeiro? Fazer a barba do milho.

Pode haver algo mais auspicioso que tarde de sol em tempo de chuva? Alvissareiro, reconfortante, eu diria. Aqui sentado ao sol após uma tribuzana que me lembrou da minha infância, enquanto aqueço as frieiras sob a meia cinza e o chinelo de couro velho, penso e repenso nas dores dessa minha vida infeliz. Fui feliz, concluo. Fui um homem feliz. Por que então, meu Deus, não me permites ir-me embora ao encontro da amada que me deixou há tanto tempo?

Tudo que hoje me dói me faz mais alegre que triste. Os idílios da infância no vale do Dão, o primeiro amor nas colinas de pinheiros, a colheita com os primos, o amassar das uvas, o saborear da aguardente, a dose comedida da ginjinha ao colo do pai nos ajantarados de domingo, em que século foi isso, ó meu Deus?

O senhor quer crer que nasci em Portugal, mas vivo há tantos anos no Brasil que já me esqueci do idioma que lá falava? Tudo que doía não dói mais. As saudades das cantigas da Mamã, a Mamã a cantarolar enquanto moldava e cortava, a Mamã a sorrir para o Papá que ao lado costurava na modesta oficina. Há quanto tempo terá sido isso, ó meu Deus? Ó meu Deus, dai-me o esquecimento em lugar da memória!

Agora só me restam lembranças felizes. A infância dos meus miúdos. A risadaria em redor da mesa. Como éramos felizes, a desafiar charadas e propor temas para versos e rimas! A minha Sinhá e suas modinhas. Quando a ouvi ao piano pela primeira vez, os cabelos lhe escorriam pelos ombros e o olhar tinha um quê de tristeza que me atingiu como faca no coração. A resposta soprada ao meu ouvido dizia apenas: preciso fazer esta mulher feliz.

Ó Sinhá, doce cura para todos os meus males, perdoa se deixei nossa filhinha morrer! Não podia segurar a vida no corpinho que sufocava, Sinhá. Nunca mais pude devolver-te a felicidade plena. Nunca mais teu riso foi ancho como até então. Nossos almoços e jantares de folguedos só retornaram, aos poucos, à medida em que crescia o Zezé e com ele de novo a alegria.

Ó Zezé, trouxeste de volta a luz ao olhar da tua mãe, ó menino. Já te agradeci por devolver o sorriso à tua Mamã? Já te agradeci, ó gajo do terno de linho branco de ombreiras maiores que os ombros, retrato miúdo de um universo em que é possível ser feliz de novo? O senhor não me vá fazer mexericos por aí, mas devo confessar que somente pela presença dos meus filhos pude me realizar como homem. Fui pobre e malsucedido, não angariei riqueza ou posição, mas esses jovens de estatura miúda e compleição esquálida com nomes de heróis corresponderam à dignidade pela qual lutei durante todas essas décadas de combate renhido e remadas contra a maré.

Ai que fome, Mariquita! Já busquei na janela o pão que o português do coração de pedra ali deixou, agora trata de preparar a sopa, que a fome aperta e aqui, nesta casa portuguesa, com certeza, passamos aperto, sim, mas fome nunca! Ó mulher, cuida direito de tudo, que teus irmãos estão à rua a vender pastéis e bolinhos fritados pela tua mãe para ajudar a pagar a conta da padaria, a quitanda, o armazém, e a ti cabe dar aulas no colégio e ainda manter uma escolinha em casa, para dar reforço ao aprendizado dos filhos dos vizinhos e ao caixa da família.

"Torradinha com manteiga,
Para o fastio limão,
Para as velhas uma albarda,
Para as moças um balão."

"Tenho saudades de Maura,
Daquela Maura amorosa,
Daquele céu estrelado,
Daquela noite de rosa."

Dá pra imaginar a velocidade com que o tempo passa quando não se tem nada a fazer. E mais ainda quando se alternam dias tranquilos e contemplativos com momentos de dor física para a qual mal adiantam os analgésicos. Impossível meditar, devanear, deixar solto o fluxo da mente e o pulsar das emoções.

Quando se enfrenta uma doença agressiva como esta, é guerra o tempo todo. A aparente calmaria consiste em reunir forças para o próximo combate. Num desses dias calmos, fomos a Viseu. Conseguimos o registro do meu avô! Ele nasceu em 1873. Não sei se naquela época não havia cartório ou se a cidade era pequena demais, só sei que o que obtivemos foi um assento de batismo, com nomes dos pais e suas profissões, os avós e até os padrinhos! E as averbações, posteriores, do casamento dele com minha avó, feitas a mão nas margens do documento. Preciosidade.

Com isso e mais a certidão de casamento dele e da minha avó, João e Alice estão com a vida praticamente toda documentada. A morte dela também consta de um documento obtido em Muriaé, assim como o registro de nascimento do meu pai, que completa algumas informações básicas sobre nomes e profissões dos avós maternos do seu Zezé. Assim, aos poucos, o quebra-cabeça se encaixa.

Voltei ao hospital, conduzido por Adélia. Ela esteve do meu lado todo o tempo da aplicação da nova sessão de quimioterapia. Minha filha ligou durante o procedimento, pelo online do notebook, e novamente falei com minha neta. Ela parece interessada em mim. Stephany. Só me resta me acostumar com o nome de princesa – eu, um plebeu tão convicto.

– Pai, telefonei pras suas primas mais velhas. Você tá ligado que as duas se chamam Alice, como sua avó?

– É mesmo, eu tinha ideia, mas não havia caído a ficha, porque a vida toda as chamamos por apelidos.

– Por isso que eu não me dei conta da homenagem prestada pelos seus tios.

– E elas, acrescentaram alguma coisa que a gente não sabia?

– Muito pouco. Não se lembram direito dele. Também eram pequenas, como você.

– Mas elas já passaram dos setenta, devem ser uns dez anos mais velhas que eu. Pensei que lembrariam mais.

– Na verdade, a mais velha não morava em Muriaé e ia lá, como você, só de vez em quando, nas férias. A mais nova, que conviveu mais tempo, sabia um pouquinho a mais.

– O quê, por exemplo?

– Mais do temperamento do que de fatos propriamente. Sorriu ao mencionar o quanto ele era alegre, contador de casos e piadas.

– Uai, imaginava ele mais sorumbático, macambúzio...

– Que nada, seja lá o que isso for. Era inspirado. Diz ela que ele não podia ver ninguém triste que fazia uma graça para devolver o sorriso à pessoa.

– Que coisa mais linda, Maíra.

– Fiquei toda emocionada ao ouvir isso. Me lembrou demais o Vovô Zezé.

– Foi do pai que ele puxou a vocação de fazer os outros felizes, então.

– Pois então. Mas ela disse que ele logo ficou velhinho e gagá, então tudo mudou.

– Mudou como?

– Perdeu aquela vivacidade. Ficava caducando.

– Isso eu já sabia. Lembrava dele falando coisas sem nexo. Ou pelo menos sem sentido pra minha compreensão de menino.

– É. Viveu muito, mas os últimos tempos já sem lucidez.

– E a outra Alice?

– Ela só me contou um caso engraçado. Disse que não lembra nada, só da moça que trabalhava lá reclamando que ele tava gagá e virava e mexia dava um beliscão na bunda dela.

– Meu garoto!

– Gostou, né?

– Ai, meu saquinho, tem hora que essa porra arde pra caralho!

– Manera a linguagem na frente da prima, velho escrachado.

– Ela saiu de perto pra gente conversar à vontade.

– Então aproveita e xinga.

– Puta que merda! Tem hora que é a puta que pariu do caralho de incômodo, vai se foder, porra do caralho!

– Gostei de ver.

– Desculpa, filha, mas não tá fácil.

– Tô te sacaneando, mas não queria estar no seu lugar. Fica tranquilo, não tenho medo de palavrão.

– Obrigado, Maíra. Tô muito indisposto agora, depois a gente conversa mais. Mas saiba que seus dotes jornalísticos estão sendo utilíssimos. É assim, com um caso aqui, um toque ali, que vamos conhecer nosso jovem João. Nosso velhinho. Nosso homem.

– Igual a você, seu João. Velhinho, menino, um adolescente de cabelo branco, agora careca. Fique bem. Depois nos falamos.

"O frio não ajuda a exteriorizar o sentir. Estes meses de inverno são mesmo difíceis de passar. Situados no centro das terras altas do país, entre as serras da Estrela, Caramulo e Lousã, tem feito tanto frio que a pele das mãos e rosto dos miúdos, quando chegam do liceu, vêm secas. Hoje já vieram uns raios de sol que nos obrigam a sair da concha."[9] Já te contei, minha senhora, do tempo de frio na minha terra, quando os campos se cobriam de branco, qual noiva invernal a obrigar o recato dos pobres? Assim era o meu São Miguel de Pinheiro d'Ázere.

Mal me lembro das agruras do outono avermelhado, da penúria dos invernos brancos. Aqui me vesti de sol e calor, virei outro homem, mais solto, apto a sorrir. Aqui nesta terra me aqueci nos braços da bem-amada, que me cumulou de carinhos e filhos. Os sons que emanam de seus dedos sobre as teclas do piano, jamais ouvira nas encostas do vale do Dão. Na Estrela não havia, no Caramulo, na Lousã. Apenas na Zona da Mata revoam os guizos dos risos dos nossos miúdos, ecoando a gargalhada feliz daquela que nos deu a luz.

"Façamos meu bem as pazes
Como foi da outra vez.
Quem quer bem sempre perdoa,
Uma, duas, até três."

Não me lembro de tempos tristes. É como não tê-los vivido. Não, filho, não me lembro do navio que me trouxe de Portugal para o Brasil. Um vapor, com certeza. Mas certamente detalhes não houve. Por certo transcorreu tudo normal. Emigrantes deixando a terrinha, imigrantes vindo ter à costa do novo mundo. Lenços chorosos no cais da partida, ninguém à espera na hora da chegada. Nada digno de nota ou registro. Viajamos, alguns se enjoaram, outros ficaram pelo caminho, choramos, aportamos.

Ó garoto, não me atormentes com perguntas e mais perguntas. Pois não sabes que nada houve, nem mortes nem doenças nem quarentena nem a terceira classe a clamar por comida de qualidade ou ao menos uma água limpa para matar a sede? Quem to disse? Garoto malvado. Ó Mariquita, leva este teu sobrinho a brincar no quintal. Mostra-lhe a cerejeira a florir! Ora, se não temos cerejas! Quanto disparate estás a dizer hoje, ó mulher sem compaixão! Acompanha-me à missa, então. Quero pagar uma promessa que fiz a São José. Só o santinho me entende.

O senhor quer crer que meus netos ficam a me perguntar cousas do passado, como se passado houvesse. Não sabem eles que tudo está a ocorrer neste exato instante, sem ontem nem porvir. Que o que ficou ficou para trás, para a desmemória de quem se interessar em escarafunchar. Eu não. Tenho mais o que fazer. Minha mulher me deixou só, a cuidar dos miúdos, uma multidão de filhos, sobrinhos e netos, mais os que chegam de Portugal a buscar oportunidades nesta terra de calor.

Sabes o cúmulo de um médico? Engessar a perna da mesa.

Mariquita, receio que todo esse frio anuncie neve. Pelo vento que virou, só pode ser neve, Mariquita. Prepara minha sopa, o pãozinho já recolhi. Depois, corre a fechar as janelas bem fechadas. Descobre para mim o cachecol de lã, o pijama de flanela, as meias mais grossas, o chinelo de couro já está nos meus pés. Traz-me o cobertor, Mariquita, para aquecer minhas pernas que não param de balançar no movimento desta cadeira. Para frente e para trás, à espera de cair a neve branquinha. Sabes, filha, que dias frios assim me trazem de volta a presença da tua mãe, a única luz a aquecer este coração de pedra.

"Minha mãe está me chamando
Da Laginha da baganha.
Valha-me Deus tal mulher.
Pensa que o vento me apanha."

Os dias que se seguem à químio são de pedir pra morrer. Mas prefiro não falar disso. Todo mundo sabe: enjoos, tonteiras, indisposição geral, o corpo dói, tudo dói, e não apenas quando eu rio ou quando eu grito Galôôô, como dizia o meu Velho. É difícil comer, é difícil dormir, é difícil pensar. Ser simpático e agradável, então, nem pensar! Daí por que na próxima aplicação já estarei na minha casa, ou seja, no casarão.

Aluguei o imóvel caindo aos pedaços. Com a ajuda do Jorge, contratamos uma mão de obra temporária baratinha, uns gajos que já trabalharam no lagar da família, antes do fechamento, e que hoje, na crise do desemprego, vivem de bico, expressão que usam por aqui também. Ótimo. Sob a minha supervisão e a do Jorge, estão limpando chão e paredes, dando uma geral na parte elétrica e hidráulica, deixando portas e janelas abríveis e fecháveis. Preciso da assessoria do prefeito, porque a língua que se fala aqui, no tocante ao instrumental, é incompreensível para mim, como a minha o é para eles...

Estou comprando devagar, usados, o básico dos móveis. Com mais alguns dias já poderei me mudar. No momento, minha única disposição é de ficar quietinho no travesseiro cheirando a alecrim da prima Adélia, que cansou de tentar me demover de alugar casa, tendo seu quarto de hóspedes à minha disposição por quanto tempo eu quisesse ou precisasse.

Mas é que enfiei na cabeça a ideia de me estabelecer, ainda que provisoriamente, num lugarzinho só meu. E também porque esse casarão me intriga. Ele habita meus sonhos, meus pesadelos, me traz calafrios a cada vez que entro nele. Seus inúmeros cômodos, amplos e de pé-direito alto, me lembram a casa do Vovô em Muriaé, embora não tenha nada a ver. A casa dos meus tios, onde brincava nas férias da infância, era grande, mas simples, reformada do quase casebre em que o velho João morreu.

O que elas têm em comum? Talvez os fantasmas que as habitam. Ok, o casarão nunca pertenceu à minha família. Então talvez seja sua localização estratégica, ao lado de uma e em frente a outra casa de descendentes dos Henriques, na principal "avenida" de Pinheiro, a meio caminho entre a praça do coreto e a igreja onde João, seus pais, irmãos, tios e sobrinhos foram abençoados. É muita energia trançando pra lá e pra cá. Tanta que até um ateu fundamentalista pode sentir no ar os eflúvios.

Maíra prossegue nas investigações e na assistência ao velho pai, que adotou de vez. Põe a minha netinha pra falar comigo religiosamente. A pequena é uma fofucha, uma fofolete, como diz ela própria a respeito de uma porção de coisas... Em suas pesquisas, Maíra descobriu, ainda vivas, três primas do meu pai que conviveram com o meu avô. Velhinhas de cabeça boa. Quero estar com elas pessoalmente tão logo eu melhore e possa ir embora pro Brasil. Lembro-me das três, já estive na casa delas, no Rio, quando era adolescente, e fui superbem recebido. Papai era muito amigo das primas. Não era bobo nada. Ah, não era mesmo.

Agora, enquanto o trio de peões (ops, não posso chamar assim a peãozada aqui, onde a palavra quer dizer pedestre...) faz de frila o serviço no meu próximo lar, aproveito para saborear os doces de natas da prima. Com o mal-estar da ressaca da químio, só consigo comer doce. E os pastéis de nata, não só os dela, mas marca registrada dos portugueses, são especiais. Me confortam o estômago e a alma. Adélia não se faz de rogada e vai todo dia à cozinha preparar caldinhos leves e doces para me alimentar e dar forças pra sair do buraco. Ela sabe o que faz. Passou por isso. Conhece exatamente o problema.

Adélia. Socialista que levou o cano com a revolução. Crê na cura, embora também tenha adoecido. Crê no primo, embora já possa ver que não presto pra muita coisa. Acha graça nas minhas piadas, mesmo aquelas que a constrangem pela grosseria. Senso de humor os portugueses têm, não são acostumados é com a ironia cínica que tantas vezes me toma, meu espírito de porco a possuir a alminha que não quis se vender barato pros capetas mais usurários, mas que se corrompe por qualquer pecado menos nobre, como a gula e as afrontas à castidade.

Pobre-diabo sou eu, sem saúde nem pra pecar contra a castidade, sozinho ou em associação com alguma alma caridosa.

Do que gosto mesmo é de cá ficar ao sol da pracinha a me distrair com os miúdos que entram e saem do jardim de infância. O senhor quer crer que são todos meus netos? Não crês? É porque não sabes quantos netos tenho. Meus filhos me cumularam de netos, o senhor nem tem ideia. Às dúzias! É que em casa nos sentimos bem com algazarra, balbúrdia e risadaria. Somos todos dados a um chiste, e assim levamos a vida, curtindo sim as dores inevitáveis, mas sem o despudor da melancolia. Isso não combina conosco.

Precisavas ver quando nos reunimos todos em volta da mesa para um ajantarado de galinha ensopada com o quiabinho que a minha mulher faz no tempero do amor. Jeitosinha, ela. E ensinou direitinho à minha filha, que cuida de mim e não me deixa faltar a canja antes de dormir. Já está na hora de dormir? A mim me saberia bem uma sesta sob o cobertor de lã. Mas a minha menina não me deixa dormir antes do almoço! Ó, Mariquita, deixa-me quieto, filha, que estou por demais cansado e sem ânimo nenhum para trabalhar hoje. As costuras que me esperem quietinhas no balaio.

Gostamos de cantar e de trovar, mas nossa maior diversão é propor charadas uns aos outros. O senhor sabe resolver charadas? Pois então lá vai: bagos bagos bagos, terra terra terra, água água água. Duas e duas. Difícil, pois não? Nosso costume é assim: só podes me propor uma charada se tiveres resolvido a que te apresentei. Então, enquanto não me responderes esta, nem tentes vir com novidades...

"Santo Amaro é das pernas,
Santa Luzia é dos olhos,
São Pedro é das maleitas,
Atam-se as vidas aos molhos."

"São Pedro e São João,
Todos dois no céu têm cadeira.
Quando vão em procissão,
São Pedro leva o guião,
São João leva a bandeira."

Essas assim de santos eram as preferidas da minha mulher. Umas aprendi com ela, outras trouxe da terrinha, onde à minha mãezinha já sabia bem costurar e cantarolar, tudo ao mesmo tempo. Com ela aprendi o ofício e a distração da cantoria, das quadras e trovas. Nossa marca registrada, o senhor não sabe? Ah pois.

Sou sim, claro que sou católico apostólico romano. Praticante e temente a Deus. Está a caçoar da boa-fé alheia, quem diz que não. Simpatia com o socialismo? Só se for em outra vida. Que a Sinhá não vos ouça falar assim, que vai logo tirar pagode à minha custa. Claro que contei a ela das minhas aventuras nas passeatas dos anarquistas no Rio de Janeiro, mas isso foi no século passado, em outra vida, quem sabe? Hoje só desfilo na rua se for procissão do Santíssimo ou Sete de Setembro. Enche-me de orgulho a fanfarra no Dia de Portugal! Carrego a tocha!

Bandeiras, música, festa. Esta cidade é mais festeira que o meu Pinheiro d'Ázere. Lá era tudo muito pequeno. Aqui não, aqui em Muriaé tem Barra, Porto e Centro. Tem até o alto do Cruzeiro, onde começam os campos dos fazendeiros do café e onde os rebanhos produzem o melhor leite e o queijo de primeira. Como esta terra tem bons queijos! Mas os melhores doces são os da minha mulher. Ó Mariquita, hoje não temos goiabada fresquinha para oferecer à visita? Tua mãe não preparou a marmelada, a bananada?

O senhor se lembra dos doces de nata da terrinha? Pois aqui não os temos como os tínhamos lá. Ficamos eu e o meu sogro, o Velho, a desfiar lembranças de pratos com natas, das bacalhoadas que nem comíamos, das sardinhas na brasa, dos chouriços e das chispalhadas, da chanfana e do toicinho, de carnes que meus filhos nem conhecem, e se riem só de ouvir os dois portugueses a palrar em língua estranha aos ouvidos deles, uma pândega!

Não tenho tristes memórias, o senhor quer crer? Minha vida tem sido feliz da infância à mocidade. Da vida adulta só recolhi vitórias, a companhia da mulher mais meiga e prendada, a sabedoria daquela que me deu filhos e forças para criá-los mesmo depois que se foi. A doce presença da minha Sinhá nunca vai me deixar. Mas quanta saudade dos seus dedos finos a correr pelas teclas do piano, sorriso contido e peito cheio de emoção. A Sinhá era perfeita, o senhor não pode ter ideia.

Agora preciso voltar para casa. Os meus filhos podem pensar que fugi para vir à pracinha ver os miúdos a sair da escola. Logo mandam a negrinha atrás de mim, a esbaforir e a me incomodar com "não, sô João, não sô

João"... Isso lá é vida? Ter que sair às escondidas de uma dupla de filhos solteirões e santarrões que não me permitem nada e ainda me põem vigias à porta de casa?

Duas e duas: cachoeira. E o cúmulo de um construtor? Construir a casa de um botão.

À medida que melhoro, meu tempo de tratamento por aqui vai virando uma nova experiência, misto de férias, aposentadoria e recomeço. No quesito férias, já estive com Adélia em Viseu, uma bela cidade grande, onde ela me ajudou a comprar alguns itens para a casa nova – poucos, afinal, não estou tão rico e nem tenho intenção de montar uma daquelas "vilas" de filme europeu. Voltei algumas vezes a Coimbra, quando não para ir ao hospital, para visitar as igrejas centenárias e o magnífico convento, ouvir histórias do amor proibido entre o rei Dom Pedro e sua amada Inês de Castro. Ontem tive disposição até para um passeio a pé. Finalmente pude conhecer a famosa ecovia, que liga Santa Comba a Viseu. Não percorri mais que os primeiros metros, em caminhada suave, mas que me encheu os olhos e o coração, pois o lugar é de fato encantador.

A reforma da casa está quase pronta, então nela poderei curtir a aposentadoria e até pensar em "começar de novo". Só que não me iludo muito quanto à perspectiva em relação à doença. Falta-me fazer exames que me deem a exata dimensão do meu estado geral. Sei que emagreci e que as dores – fora dos dias de quimioterapia – diminuíram bastante. Mas nada me diz que o coiso não está mais aqui, e que ele é a vingança do corpo contra tudo que lhe fiz naqueles anos loucos de vida bandida que levei entre a entrada na adolescência e a despedida da vida adulta, velhice adentro. Ou seja, até aqui.

Entre uma ginjinha e outra, rememoro as aprontações dos últimos cinquenta anos. Amarga a boca lembrar dos quilômetros de cigarros que fumei sem saber por quê. Quer prazer mais idiota do que esse? Os porres e outras experimentações sensoriais pelo menos compunham minha busca por liberdade física, mental, espiritual, num ambiente em que descrença e misticismo ocupavam mais ou menos o mesmo lugar na história de uma geração que conjugava comunismo e contracultura sem dramas de consciência. Fui isso, fomos isso, eu e meus pares, como minha querida Val, que me deu os melhores anos de sua vida e, para coroar, me deu Maíra.

Falo na Val e não consigo lembrar de todas as mulheres com as quais a traí. Maíra tem razão: fui um canalha a maior parte do tempo. A bosta de ser consciente é que podemos enganar todo mundo, menos a nós mesmos. Por mais que eu batalhe pra abrandar o coração da minha filha e convencê-la a me perdoar, a me permitir o amor da minha neta, no fundo eu sei que ela tem razão. Que eu não seria boa influência pra pequena Stephany, com seu pai empresário, bem-sucedido, bem-nascido, neoliberal, o prócer do livre mercado, da livre iniciativa, do Estado mínimo, do *laissez-faire*, do poder de elite que ela, querendo ou não, vai herdar.

A droga de estar doente é ficar vulnerável a qualquer frase banal, do tipo que me põe lágrimas diante da telinha do notebook nos papos corriqueiros que tenho ganhado de esmola da neta. Pareço um melodrama qualquer de novela. Minha sorte é que na casa da prima aboliram as telenovelas brasileiras, por excesso de superficialidade. Então, perco o parâmetro e acho tudo escasso.

Gosto da prima. Fui com ela à igreja na quinta à noite para conhecer o padre, única "autoridade municipal" que me faltava no currículo. Agora, na Europa, está assim: as igrejas não têm mais padres. Eles vão uma, duas vezes por semana dar uma força aos paroquianos. E passam o tempo na itinerância, tentando cobrir o território. Em Coimbra também não consegui encontrar padre em igreja nenhuma que visitei. Pode perguntar: o que tanto quero com padre? Não quero nada, apenas observo. Crise nas vocações. Não seria o caso de fazer uma novena em intenção das vocações sacerdotais? Eu rezaria, mas daria um jeito de incluir na oração um pedido por todos os vocacionados. Homens ou mulheres, casados ou celibatários, heterossexuais, homossexuais ou qualquer orientação daquelas que formam a sopa de letrinhas GLTBTT XXYZ.

Não me agrada o gosto dos meus filhos Aníbal e Zezé pela pinguinha. Ainda se fosse um bom vinho, vá lá. Mas nem isso. Em casa, em Pinheiro, era hábito da família brindar um Dão ou um Porto à mesa das refeições, como por cá, em casa do sogro, tenho partilhado de bons brindes. Mas nunca em excesso, nunca fora de hora. Os meus miúdos não. Comprazem-se em arruaças de bar, ao lado de amigos de maus bofes e violão, e voltam à casa meio trôpegos, alegres em demasia, com uma dose a mais de cachaça, de conhaque ou de vinho de garrafão.

Em Portugal, temos também nossa aguardente, outro derivado da uva, além do vinho de boa cepa. A nossa família fabricava, mesmo depois de encerrada a produção comercial que tínhamos na quinta no tempo do meu avô. Produzíamos o melhor azeite, os melhores vinhos, a aguardente de uva. Mas o nosso produto mais especial era o licor de ginjinha. O senhor não conhece a ginjinha? Nunca ouviu falar? Quer crer que se trata de uma bebida mais saborosa que o próprio vinho do Porto? Não crês. É porque não conheces.

Ah, saudosa ginjinha, que nunca mais tive o prazer de degustar. Licores nesta terra do Brasil os há, de doces frutas, porém não delicados, sutis e esquisitos como a nossa ginjinha. Só provando para ver, ó mulher perguntadeira! Minhas netas deram de me perguntar cada coisa. Sei que não és minha neta, mas minha sobrinha, mas és perguntadeira assim mesmo. O senhor já viu isso? Minhas sobrinhas deram de me chamar de Vovô, talvez a insinuar que já estou velho demais. Pouco se me dá! Moço é que não sou mais, ah pois.

Mas são alegres e cantadeiras essas sobrinhas que parecem netas, ou netas que sabem a sobrinhas, sabe lá Deus. Pois o senhor quer crer que, mesmo morando a duas ruas de casa, vêm para cá passar férias com o velho avô? Gosto delas. Mariquita me proíbe de sair? Pois dou meu jeito de escapar pelo portão lateral e vou ter com elas na casa da sobrinha mais velha, logo ali no beco, onde a criançada é numerosa e a farra tamanha, como éramos cá em casa antes de se terem ido todos embora.

Agora, sozinho com a Mariquita e o Aníbal e aquela negrinha a me atazanar, prefiro correr à pracinha, para ver as pernas das moças, me encontrar com a miudada da Marocas, a irmã mais moça da minha mulher, e as suas filhas, que viraram minhas sobrinhas. Quantas crianças encantadoras, como a minha neta Nininha, o meu neto Neném, que todas as tardes vêm cá me pedir a bênção. Eles alegram meu dia. Com eles posso exercitar as charadas, propor adivinhações, enigmas que correm a decifrar para ganhar o direito de me propor os deles também.

Sabes o cúmulo do matemático? Extrair a raiz dos cabelos.

Hoje longe das tesouras, o que me resta desta vida senão lamentar a falta da minha mulher? Lamúrias de um velho solitário, sem ombro nem orelha morna a acalentar as noites de frio desta Pinheiro invernosa, onde os outubros assistem às primeiras neves, onde só as luvas e o cachecol nos protegem da friagem que penetra os ossos. Terra gelada, do frio mais intenso, do Natal em torno da lareira, da caminhada impossível no bosque dos pinheiros cobertos de flocos brancos. Misturo tudo, Mariquita? Queres que diferencie Muriaé de Pinheiro d'Ázere? São Miguel de São Paulo? Muriaé, com o calor sufocante do Natal de janelas abertas e o sonho impossível de um ventinho refrescante? Estás tola, mulher.

– Pai, tenho lindas novidades!

– Diga logo, estou coçando de impaciência.

– Encontrei as primas do Vovô Zezé.

– Como conseguiu, grande jornalista?

– Com o primo de Muriaé consegui o telefone da prima do Rio, que tinha o número das tias deles, em Itaipava.

– Lembro demais das três, mas nem sabia que ainda estavam vivas... Eram muito amigas do Papai.

– Exatamente. Eram mais novas que ele, mas hoje estão com 89, 83 e 76 anos respectivamente.

– Uau! Lembravam do Vovô?

– Sim, mas apenas uma teve condições de conversar comigo. Poucas lembranças, ele era bem mais velho que elas, e a memória que guardam não difere muito das suas.

– Ele já caducando?

– Sim. E querendo mulher...

– Meu garoto!

– Tadinho, diz a prima que ele ficou "foguento".

– Mas também, trinta anos de viuvez... Por que será que não se casou de novo?

– Isso ninguém soube me responder.

– A minha avó morreu em 1931. Meu pai estava com quase dezesseis anos. Não era mais criança, trabalhava havia anos, os outros irmãos eram adultos... Ou seja, não ficou cuidando de filho pequeno.

– Pois é. Eram pobres, mas mulher pra ajudar a esquentar a cama sempre se encontra no mercado, né? A não ser que em Muriaé houvesse escassez do produto.

– Não creio. Lá sempre teve mais mulher que homem. Em geral, os homens iam embora, como fizeram o Papai e o Tio Ulisses, enquanto as mulheres ficavam. Chegava o tempo das festas, como o Sete de Setembro, quando a cidade recebia "turistas", a mulherada se assanhava toda, esperançosa de um bom casamento ou pelo menos de tirar o atraso numa farrinha. Resultado: nove meses depois, os filhos da exposição agropecuária...

– Olha a maldade do velho se manifestando...

– Sei porque eu ia lá nessas ocasiões e me divertia bem. Fiz a alegria de muita muriaeense carente...

– Quer dizer que eu devo ter uma penca de irmãos bastardinhos, hoje marmanjos sem pai em Muriaé...

– Não creio. Não que eu saiba. Acho que não. Será? Mas se aparecer algum baixinho narigudo no seu caminho, é melhor tomar cuidado, não se envolver muito. Vai que rola um incesto básico... Tabus...

– Você é sujo mesmo, né, velho?

– Ao seu dispor... Mais alguma lembrança das primas? Como elas estão?

– Elas estão velhinhas, mas bem. Artrite, artrose, dificuldades de locomoção. Umas mais esquecidas, outras mais doloridas, mas de humor pra cima, a verve preservada. Não são da família dos Henriques, você sabe, e sim do lado da sua avó.

– Sei. Mas eles eram muito próximos, né?

– Sim. Elas chamavam o seu avô de Vovô, mesmo sendo tio. Gostavam demais dele. Contaram que passavam férias na casa dele.

– Mas elas moravam a cem metros!

– Isso mesmo, mas a casa dele era grande, tinha aquele quintal enorme, não é?

– Era maravilhosa a casa. Não de bonita. Aliás, era até feia. Mas deliciosa. Acolhedora, com o quintal repleto de árvores, onde a gente subia, catava manga, goiaba, pinha, figo, limão, muita coisa gostosa.

– É disso que elas falaram.

– No meu tempo, tinha um detalhe em que a gente se amarrava: um porão, onde ficavam as coisas velhas do Vovô, do Tio Aníbal e da Tia Mariquita. Caixas com revistas, peças de máquinas que até hoje não sei para que servem, um formão de fazer sapato, um tesourão, mapas, papéis, madeiras...

– Seu avô era sapateiro, além de alfaiate?

– Não sei, talvez tivesse feito sapato também. Mas meu tio, o italiano marido da Tia Lola, ele sim foi sapateiro.

– E onde será que foi parar tudo isso? A casa não existe mais, né?

– Não, com a morte de todos os tios, vendemos a casa. Ela foi reformada pelos novos proprietários e perdeu o quintal, o porão, os recantos dos nossos mistérios...

– E as coisas que vocês viam por lá?

– Devem ter virado sucata no ferro-velho. Sabia que em Muriaé tem uns ferros-velhos na beira do rio muito interessantes? Uma vez, passeando por lá, comprei um telefone antigo e um acordeom.

– Pai, preciso sair. Se lembrar de mais alguma coisa, depois te conto. Hoje não posso olhar mais nada da nossa pesquisa, mas amanhã vou atrás de uma mulher que me disseram que viveu em Muriaé nos anos quarenta e cinquenta.

– Ok, filha, obrigado de qualquer maneira pelo empenho. Você tá conseguindo coisas que eu jamais conseguiria sozinho.

– E você tá passando bem?

– Tô ótimo, considerando que tô morrendo de uma doença que me come um pouco todo dia, mina minhas forças, me faz me arrepender de tudo que vivi de prazeroso na vida, me confronta com a finitude, com a falta de perspectivas de futuro, com a falta de fé em algo além dessa materialidade rasa e banal, se pensar que tudo que tinha não era nada, que na verdade nunca tive nada, nem o amor das pessoas que eu amei...

– Chega de chorumela. Não me enche o saco que hoje eu também não tô boa. Amanhã te chamo de novo. Fique bem.

Chamam-me ranzinza. Ora, um homem tão bem-humorado como eu, como poderia ser ranzinza? Só porque me vêm ganas de trucidar aquele capitalista impiedoso do senhor Plínio ou porque não posso com os cornos desse português sovina, que faz do pão nosso de cada dia a exploração vossa de todo santo dia? Homens sem fé no homem. Homens capazes de tirar até o couro do irmão e dali a meia hora se persignam frente aos santos em joelhos de feridas hipócritas.

Olha-me cercado de moças e miúdos nesta praça para onde fujo aos cuidados ridículos de meus filhos e empregados. Aqui sou só alegria e felicidade, sem cara amarrada, sem resmungar à toa.

"O coração da pequena
Você não vai conquistar.
Por isto não adianta
O cunhado chaleirar."

Ó Alice, ó Adélia, por que não quiseste constituir família comigo, fugir, virar as costas para pais e tios retrógrados, que até hoje não sabem que Portugal deixou de ser aquele fino retalho ao cabo da Europa e cresceu para o novo continente? O Titio não sabe disso. Não tem ideia de quanto mundo há fora das cercas da quinta, para além do horizonte da freguesia. Para o Papá, Coimbra é longe e o Porto, algures, alhures, nenhures...

Vou mandar uma carta para o Tio José. É o único da família a ter visão do mundo. Nada contra o Tio Francisco, mas também ele calou-se quando era mister bradar. Amparado apenas pelo Tio José, o que me restou senão amarrar na ponta da vara a trouxa com o pouco ou quase nada e dar adeus à Mamã? A única a chorar pelo caçula que se foi. Não chora, Mamã, quem sabe um dia prospero a ponto de trazê-la para junto de mim?

Mas não, a pobre velha sabe que jamais prosperarei com os preços dos aviamentos pela hora da morte. A Sinhá tanto me ajuda, Mamã, a senhora gostava de conhecê-la e aos miúdos. A senhora gostava de ver como o Zezé saiu aos manos, como o Ulisses é o António esculpido e o Aníbal é o Aurélio escarrado. Como a Mariquita é assim assim a pequena Zélia, e a Lola, o mesmo que ver a Julinha a correr pela casa, saltitando em inesgotável prazer de viver. Para mim, são os mesmos. A pequena Zélia apenas que perdemos. Não chores, Sinhá. Não te culpes se o crupe veio nos pegar e levou nosso bem mais precioso.

Sou um homem feliz e jovial, ainda quero me casar com uma dessas moças modernas que se usam agora, no footing da praça, com vestidos de canelas à mostra e até calças compridas! As minhas meninas não, que são moças de família. Mas minha namorada, aquela que ali vai a sair do jardim de infância, é professora dos miúdos menores. Moderna, distribui sorrisos sem sovinice. Dá-me cá um beijinho, ó flor de laranjeira. Ela vem e dá, a sirigaita. O senhor quer crer que estou a formalizar o pedido e que logo logo marcaremos a data? Pois. Sou solteiro. Viúvo? Pois. Descomprometido. Por que não me haveria de casar de novo? Quem me prende? A Mariquita, o Aníbal, a mucama? A negrinha que não se assanhe, senão me caso com ela também. Ah pois. Não sou dono do meu nariz, da alfaiataria e, se assim o quiser, herdeiro do cartório do sogro?

"São João, meu senhor São João,
Deixai-me o verão passar.
São João, meu senhor São João,
São João, quero me casar."

Outra descoberta que não mencionei nesse meu tempo sabático de tratamento em Portugal foi a presença renovadora de duas crianças, Flor e Amália, filhas de Jorge e Helena. São gêmeas. Lindas! Moreninhas como a mãe. Quando cheguei, não estavam. Haviam ficado na praia, onde Adélia passara as férias, mas em companhia das tias por parte de Jorge. Voltaram quando eu já tinha me abancado na casa da prima, avó delas.

Adoram vir cá; adoram brincar com a avó e, por tabela, acabaram adorando ajudá-la no meu cuidado. Eu também as adotei; a entrada casa adentro das duas espoletas acende a luz da alegria. Têm apenas oito anos, mas são desenvolvidas, inteligentes, cheias de vida, cheias de indagações e de respostas. A gente morre de rir das tiradas delas. Agora quero pô-las em contato com Stephany pelo computador. Quero ver no que vai dar o diálogo dessa geração Z em sotaques tão diferentes.

– Pai, preciso de um favor seu.

– Claro, filhota, em que este pobre marquês pode lhe ser útil?

– O senhor se lembra daquela garrafa de bebida, um licor que Helena e Jorge me deram, parece que fabricado pela própria família?

– A ginjinha?

– Isso.

– O que tem a ginjinha?

– Pois é, a minha quebrou na viagem. Tive o maior cuidado na embalagem da garrafa, mas me dei mal. A bichinha chegou toda espatifada, e só fiquei com o cheiro entranhado nas roupas pra contar história. A sorte foi que o azeite que eles me deram chegou intacto. E que azeite, hein? Já experimentou por aí?

– Se eu já experimentei? Eu tô me embriagando do azeite da família! É pureza total, e que sabor! Era fabricado no "nosso" lagar, que fechou, você deve lembrar da história, né?

– Sim, lembro, o nó que não desata. Bom demais, né? Pois eu pensava que você, quando viesse, podia me trazer uma garrafa do tal licor pra eu experimentar. Pelo cheiro, vi que é coisa boa.

– Filha, você não tem ideia de quão boa é a coisa. Se não me embriagasse tanto de azeite, estaria completamente bêbado de ginjinha.

– Uai, mas pode? Pode beber durante o tratamento? Pensei que estivesse abstêmio pelo menos por ora.

– Calma, Maíra, tô te sacaneando. Eu experimentei, Adélia me apresentou, e de vez em quando a gente toma um cálice, civilizadamente, um digestivo após a refeição. Mas não tenho tido nem muito apetite pra comer, quanto mais pra encher a cara...

– É, tô mesmo te achando um pouco magrinho. Você tem feito o controle de peso também?

– Sim, perdi uns quilinhos, mas dentro do previsto. Tô assim tão caquético? Tô com cara de aidético?

– Credo, que homem politicamente incorreto, não sabe que isso não se fala mais?

– Se tem uma coisa que eu nunca fui é politicamente correto, Maíra. Se precisar chamar alguém de verticalmente prejudicado, nunca mais participo de um torneio de arremesso de anão...

– Argh, e ainda acha isso engraçado.

– Não, mas já foi. Meu tempo já passou, Maíra. Fim de linha. Oi, lindinhas! Venham cá conhecer a prima Maíra! Maíra, deixe-me te apresentar Flor e Amália. Ou melhor, Amália e Flor.

– Olá, meninas! São as filhas do Jorge e da Helena?

– Somos, mas o primo João não acerta uma. Eu é que sou a Flor, e minha irmã é que é a Amália.

– Isso, eu sou a Amália. Eu é que canto melhor. Vou ser a nova Amália Rodrigues.

– Parabéns, prima! Vocês são mesmo lindas! Como é que estão aguentando este mala sem alça do primo aí enchendo o saco de vocês?

– Olha, Amália, ela fala igual ao pessoal das novelas brasileiras.

– É mesmo, que sotaque mais acentuado!

– Primo João, o que ela quis dizer com essa história de alça?

– Mala sem alça, gurias. É uma pessoa tão chata, tão xarope, tão inconveniente, tão desagradável, tão maçante, que ninguém consegue conviver com ela.

– Não, o primo João não é maçante. Ele é até divertido. E está doentinho, pobrezito. Nós ajudamos a Vovó a cuidar dele.

– Então, além de mala sem alça, ele dá trabalho pra vocês?

– Não, prima. Como é mesmo o seu nome?

– Maíra.

– Nunca ouvi este nome, você já, Flor?

– Nem eu.

– É um nome indígena, meninas. Virou moda depois que um brasileiro muito importante, chamado Darcy Ribeiro, escreveu um romance com este nome. A minha filha nasceu naquela época, então eu e minha mulher prestamos essa homenagem. Pra ser diferente. Mas todo mundo teve a mesma ideia, então, na idade dela, tem um exército de Maíras no Brasil...

– Não falei, prima, que seu pai é engraçado? Ele é muito engraçado. Fora que tem hora que a gente não entende nada que ele fala...

– Filha, não adianta. Só você não acha graça em mim.

– Pai, meninas, preciso ir embora. Então, pai, voltando à ginjinha, tem como você trazer pra mim?

– Claro, filha. Só que devo demorar. Minha casa fica pronta esses dias, vou me mudar pra lá; não tenho perspectiva de ir ao Brasil tão cedo. Vou ver com Helena e Adélia como fazer isso. Mas não creio que seja complicado. Vamos dar um jeito pra ginjinha chegar aí.

– Que ótimo, pai! Obrigada.

– Mas antes de desligar, deixa só eu te contar o que eu descobri. Não é só você que tá avançando na pesquisa, eu também.

– Uai, é? O que foi que você descobriu aí de novidade?

– A ginjinha, filha, é feita com o fruto de uma árvore, a ginjeira, que está em extinção aqui na região. Sabe que árvore é essa?

– Não é a ginjeira?

– A ginjeira, Maíra, é o pinheiro de ázere!

– Uau! Que sincronicidade, hein?

– Primo João, o que é "sincro na cidade"?

Marocas e Heitor já não me vêm ver. Nininha e Neném correm para lá e para cá. A Benigna vai se casar, mas não comigo. Diz-me que sou velho e tonto e que não presto para nada mais. Pode tanta insolência? Quando me quer atentar chama-me sinhozinho, isso e aquilo e aquiloutro. Ó mulatinha sem modos, pois saibas que estou de casamento marcado, mas é com moça boa e de família, não uma sem eira nem beira como tu.

As moçoilas passam a sair do colégio das marcelinas, com as saias azuis plissadas, sapatinhos pretos e meias três quartos brancas. Não é uma tentação? Não achas que fazem isso porque sabem que procuro noiva de boa índole? O senhor quer crer que não se passa um só dia nesta minha vida de penares que eu não me lembre da minha amada esposa, aquela que se foi sem me dizer adeus? Ó Sinhá, volta pros braços desse português desafortunado, que tudo que toca transforma em dor e fel!

"Quem me dera que viesse
Um ventinho corredor,
Que me levasse e trouxesse
Notícias do meu amor."

Quero um casamento chique como o da Marocas, na Matriz de São Paulo, bem no centro, onde vive a nata da sociedade. O cortejo a pé, pelas ruas da cidade. A noiva virá em seu vestido de cetim e tule, bordado em miçangas e pérolas. Eu, claro, irei em fraque da própria produção, calça listrada em risca de giz e colete de seda, como manda o figurino. Depois da cerimônia, organizaremos uma festa bem alegre, seguida de baile a varar a madrugada. Muriaé nunca vai se esquecer![10]

Não, Mariquita, não foi o casamento da Marocas, foi o meu! Que mania tens de me corrigir! Pois não sabes de nada, pois nem nascida eras. Ah, eras? Tu te lembras de tudo? Então quem levou tua mãe ao altar? A Marocas não, a tua mãe. Pois não estou a falar dela, ora pois. Fazes uma confusão dos diabos e depois dizes que estou gagá, que dei de caducar. Ó Mariquita, acho que caduca estás tu, minha filha.

Não havia automóveis naquela ocasião. Lembro-me bem daquele pelintrinha do filho do prefeito, que me devia um terno, a entrar pela cidade pela primeira vez a bordo de um automóvel. Destampava aquela buzina desafinada à maior altura, a perturbar a vida de todos, apenas para se mostrar. Como era desagradável. E ainda passava a levantar poeira e a assustar as moças que caminhavam na tarde encalorada. Pôs a todos para correr. Era um rapaz de muitos maus bofes. E nunca me pagou o que devia, o infeliz.

"Cantigas são pataratas,
Cantigas leva o vento.
Quem repara em cantigas
Tem pouco entendimento."

Assim és tu, Mariquita. Assim és tu, Aníbal. Cheios de pataratas a soprar ao vento. Pobre filho meu, sem juízo e sem entendimento, tudo por culpa do excesso de valentia que o fez subir mais alto do que recomendava a prudência. Deu no que deu. Por sorte dispensou o babadouro, senão estava aí até hoje a molhar as golas das camisas. Onde andas, ó Aníbal, agora que não sobes mais nas grimpas das árvores? Sai já desse porão. O que tanto mexes aí embaixo? Vamos à praça ver a saída dos miúdos, vamos à porta da escola.

Sinto saudade do Zezé. Ele sim era meu companheiro. Só ele tinha a glosa perfeita para o mote do velho pai. O que me citava Camões e Bocage com a desenvoltura do Velho, seu avô, meu sogro, o Capitão. De Camões,

"a pena deste desterro
que eu mais desejo esculpida
em pedra ou em duro ferro
essa nunca seja ouvida
em castigo de meu erro"[11].

De Bocage,

"meu ser evaporei na lida insana
do tropel de paixões que me arrastava
ah, cego eu cria, ah, mísero eu sonhava
em mim quase imortal a essência humana"[12].

Sabes o cúmulo da exigência? Um pagador liquidar as contas de um rosário.

Já moro no casarão, com pouquíssimas coisas, um sofá emprestado, uma cama de celibatário, uns panos sóbrios, dois de cada: copo, garfo, faca, colher. Quase tudo dado ou emprestado. Pouca coisa comprada, pra não investir no que não tem futuro. Mas com o distanciamento da prima Adélia, minhas ideias começam a espertar e minha missão se delineia com maior clareza.

Bem no dia da minha mudança, na hora que passei o primeiro café (importado do Brasil!) e o cheirinho se levantou feito a fumacinha do gênio saindo da lâmpada, bateram à porta. Adélia sabe que deixo a porta aberta, assim como Jorge e Helena. Então, só podia ser estranho. Mas quem, numa cidade pequena como esta? Ao abrir, comecei a entender. Era o primo Sérgio, o irmão com quem Adélia está brigada desde a morte da mãe deles. Ela não gosta de falar no assunto, mas pude entender que morreram, pela ordem, o irmão Abel, o pai, Francisco, e por fim a mãe, Virgínia.

Francisco, filho de Francisco (irmão do Vovô João), era casado com Virgínia. Tiveram três filhos: Abel, Sérgio e Adélia. O desentendimento que levou ao fechamento dos negócios ocorreu entre Sérgio e os filhos de Abel. O primeiro ficou cuidando de tudo quando o pai morreu. Os sobrinhos de Adélia resolveram entrar na gestão da empresa, modernizar, demitir, "implementar" novas linhas de ação. De minha parte, só de ouvir a palavra "implementar" já sinto arrepios de terror, engulhos incontidos. Imagino o que terá sentido o primo, que foi com tudo pra cima dos sobrinhos, rejeitando a entrada deles.

Os rapazes, por sua vez, pediram o embargo do lagar, alegando que teriam direito de administrá-lo conjuntamente ou de receber a parte deles em dinheiro, caso Sérgio e Adélia a comprassem. Por mais que o azeite dos Henriques seja a perfeição que é, trata-se de pequeníssima indústria, familiar, sem fôlego para que dois dos irmãos metam a mão no bolso e façam ofertas pela parte do terceiro. Ainda mais quebrados, como vinham, da aventura africana.

A coisa parou na Justiça. Não entendi muito bem por quê, sendo a briga com os filhos de Abel, Adélia e Sérgio acabaram rompendo. Isso ela nunca me disse. Só sei que, em lealdade à prima, nessas minhas primeiras semanas de Pinheiro mal olhei para os lados da casa do primo – e olha que ela ocupa o mesmo quarteirão que a “minha” morada, ele à esquerda, Helena e Jorge à direita. Mas português sabe ser discreto, de modo que mal reparei no carro dele indo e vindo para a garagem. O rosto fui ver à minha porta, ao sabor do café que fumegava no meu fogãozinho.

Parecido com Adélia, sem dúvida. Mais tímido ainda. Mas o sorriso sob o nariz encorpado, esse inconfundível DNA Henriques, me provocou um arrepio na espinha e um nó na garganta. Me senti, como nunca, da família. E como nunca com uma missão, que não era revolver o passado amoroso de João e Adélia no longínquo século XIX, quando o século XXI já ia velho sem que meus irmãos de Portugal conseguissem dar solução a um problema tão singelo e tão complexo, tão tosco e tão emaranhado: traçar uma senda para o reencontro dos apartados.

Vou confessar ao senhor uma coisa: não é pelos quatrocentos mil réis, pelos seis contos de réis, seja quanto for, mas pela falta de consideração. Pois a minha mulher ajudou esse colégio das irmãs em tudo e por tudo, como tem ajudado a igreja nas festas, nas celebrações, em ocasiões solenes ou mundanas. O senhor quer crer que a Sinhá chegou a vender rosas por até quinhentos réis na festa de Santa Terezinha, tudo para fazer caixa à paróquia, e agora as freiras querem negar matrícula à Mariquita, que vem a ser uma das melhores alunas da turma?

E em seguida vem a guerra, com todas as suas desgraças, misérias e sofrimentos. Estamos com o coração apertado, a Sinhá e eu, receando que nossos rapazes sejam convocados e mandados ao fronte. Rapazes inteligentes e trabalhadores, não vieram ao mundo para servir de bucha de canhão a potências em conflito na distante Europa. Meus sobrinhos, em Portugal, correm os mesmos riscos. Só que Salazar apoia o Eixo, enquanto, por aqui, depois de namorar os alemães, o governo fechou com os Aliados... O senhor já imaginou primos se enfrentando nas trincheiras da guerra alheia? Deus que me livre só de imaginar tal despautério.

"Judas vendeu o Senhor
Por trinta dinheiros em prata;
Esta conta tão exata
Ninguém lhe dá o valor."

Ah pois. Meu sobrinho João cá esteve em fevereiro. Batuta, ele. Há tanto tempo eu cá vivo nesta terra quente, sem lembranças sequer da neve da minha cidade, e cá me chega João, chamado pelos meus filhos de primo João, com notícias alegres e tristes. Já sabia do passamento da amada Mamã. O Papá já se havia ido há tanto. Enquanto isso, crescem os olivais e os vinhedos. Amplia-se o lagar e a qualidade do nosso azeite. Da alfaiataria, nada restou. Quem poderia tocá-la cá está, com outra vida e outra família, séculos distante das heranças do passado.

Encantou-se com o "primo João" a Mariquita, minha pequena solteirona. Moça boa e prendada, professora esmerada, mas um tanto carola e sem interesses mundanos, acho difícil que o primo a queira desposar e levar embora para Portugal. Perguntou-me o Aníbal se eu autorizaria tal contrassenso. Disse-lhe que tanto eu quanto sua mãe nunca fomos de proibir ou censurar nossos filhos. Nossa educação é a da orientação, do respeito às decisões de cada um. Pois não aceitamos quando se foram o Ulisses e o Zezé, a buscar os próprios caminhos, com as agruras que a cada um se apresentam?

Então, lá se foi de volta à terrinha o primo João como uma espécie de noivo prometido à Mariquita. Mas me sabe mais como esperança tola dela, não promessa feita no fio do bigode, que é como garantimos na minha terra. Depois de dois meses, o tipo divertido e boa praça do meu sobrinho se foi, levando para lá os protestos de saudades e de lembranças eternas de quem para lá nunca vai voltar. Filho do meu irmão José, um homem bom. Tão meu amigo, mas suas forças foram poucas contra o tio, o Papá e a Mamã...

Ó irmão José, por onde andas? Já andaste de aeroplano, como o Zezé, que te herdou o nome e a simpatia? Já andaste de automóvel, a buzinar e levantar poeira, como esses cá de Muriaé? Disse-me o primo João que tu, José, és hoje um velhinho encurvado, esquecido e de poucas palavras. O que fizeram para ti, meu irmão, que não recitas mais as velhas trovas da nossa mocidade? E se eu te confessasse que cá no Brasil fui mais feliz como jamais teria sido em Portugal, confrontado com a família em nome de amores juvenis? Cá encontrei a melhor mulher que Deus pôs sobre a Terra, a mais doce, meiga, prendada, companheira, a melhor mãe que meus filhos poderiam ter tido, a mais alegre nos momentos mais duros, a mais forte quando eu queria esmorecer. Seu único defeito: ter-me deixado só com tão pouco tempo de felicidade vivida.

"Ao chegar Dia de Reis,
Lavrador não te apresses,
Se vires verdejar põe-te a chorar,
Se vires negrejar põe-te a cantar."

Sérgio é mais contido que tímido. Mais sóbrio que envergonhado. Mais europeu, talvez, do que qualquer parente que eu tenha encontrado até agora. Aceitou com um meio sorriso o café que lhe ofereci, entrou com menos cerimônia do que eu poderia supor. E foi direto ao assunto.

– Então és o primo brasileiro. Mais um João.

– E não é que sou, primo Sérgio? Posso chamá-lo assim?

– Pois claro que pode, primo. Não tens ideia de quanto tempo faz que ensaio vir conhecer-te de perto.

– E por que não veio antes?

– Sabes que não me dou com minha irmã, não sabes?

– Sei. Mas não sei por quê, e não tenho nada com isso. Fui hóspede da sua irmã por algumas semanas porque precisei da ajuda dela. Mas isso você também já deve saber, por certo.

– Sim, primo. Vivemos numa cidade pequena o suficiente para não haver segredos entre vizinhos. Mesmo quando uns querem esconder algo doutros, fica difícil não escutar os sussurros através das paredes...

– Hóspede da prima Adélia, mas não partidário de uma pendenga com a qual nada tenho a ver. Admito que deveria também ter tomado a iniciativa de ir vê-lo. Mas é que andei muito enfraquecido. Faltaram-me forças para atravessar a rua e ir ter com o primo.

– Não precisas ironizar, primo. Imagino que estejas de fato a passar por maus bocados. E não me sinto nem um pouco confortável por ter adiado tanto a visita. Criei coragem agora, que somos vizinhos.

– Posso garantir que me sinto não apenas feliz, como honrado, Sérgio. Também já sabe por que estou aqui, não?

– Olha, primo João, ouvi dizer que estás a investigar a história da família, mas se é por diletantismo ou por algum outro interesse, disso nada sei.

– Não se preocupe, primo. Não há interesse que não o, digamos, poético. Vim parar em Portugal quando descobri que estava com câncer – ou cancro, como vocês dizem – e fugi do tratamento. Da quimioterapia e da bela oncologista que estava me seduzindo para me submeter a ela.

– Ora, ora, não sabia que no Brasil é assim que as coisas funcionam.

– Não me leve muito a sério, primo Sérgio. Não valho nada. Não valho nem o alecrim cheiroso que a prima Adélia põe na roupa de cama pra me proporcionar conforto quando estou na ressaca do tratamento.

– Não é Adélia que põe na roupa de cama. É a matéria com que são feitos nossos travesseiros.

– Ui, mais um segredo a se revelar.

– Mais um? Descobriste muitos, já?

– Alguns. Tão graves quanto um Romeu e Julieta no século XIX e o significado do nome Pinheiro d'Ázere.

– Bem, não foste então longe demais. Tens então encontrado o que procuras...

– Mais ou menos. Procurava isto: o que levou meu avô João ao Brasil. Encontrei um amor proibido com a prima Adélia – a dele, não a minha. Procurava os motivos do jovem João ao descer o Mondego, encontrei mais perguntas, desta vez de um velho João, este que vos fala, Mondego acima...

– E foste ficando por aqui...

– Primo, se quer saber se estou me metendo na desavença de vocês, fique tranquilo que não. Não tenho pretensão a herança nenhuma, a direito nenhum, a nada do que separou você e seus sobrinhos, você e sua irmã. Minha herança foi usurpada, há mais de cento e cinquenta anos, pelo tio-avô de meu pai, que passou a perna nos nossos bisavôs, o meu e o seu. Confere?

– Olha, primo João, se já não tivesse ouvido falar da, digamos, sinceridade do primo, poderia me sentir ofendido pelas tuas palavras. Mas quero crer que não falaste para me insultar.

– De forma alguma. Desculpe-me o mau jeito, primo, mas é que sou mesmo meio irônico e às vezes passo das medidas.

– Bom, posso garantir que jamais me passou pela cabeça que o primo chegasse a Pinheiro para reclamar qualquer direito. Não faria o menor sentido.

– E pensou o quê, então?

– Quando chegaste, que vinhas trazer algum recado, talvez com o propósito que tinhas, de fato, de conhecer a família e a história; depois que foste ficando, e agora que montaste residência, receei que vinhas ajudar a minha irmã.

– Ora, primo, quem me dera pudesse ajudar a prima Adélia. Ela é quem me ajuda, e muito. Me leva a Coimbra pra me consultar e receber remédios que me derrubam e lhe dão ainda mais trabalho. Me leva a passear, me ajuda a encontrar fotos e documentos antigos, me ajudou a reformar esta casa. Decidi que vou fazer o tratamento todo em Portugal. Não tenho muita esperança em me curar. Mas não tenho também muito o que fazer no Brasil. Então, vou ficando. Se for pra morrer, morro aqui, junto às raízes. Se sobreviver, escrevo um livro e ganho dinheiro gigolando os desamores dos nossos antepassados...

– É, vejo que o primo não tem mesmo papas na língua. Nem sei se entendi tudo o que me disse.

– Ficou ao menos mais tranquilo?

– O primo não me conhece. Não sou esse insensível capitalista que a minha irmã deve ter-me descrito. Tenho sentimentos e sou simpático aos problemas do primo.

– Sua irmã nada me disse, primo. Posso jurar de pé junto, beijinhos nos dedos cruzados, que essa conversa nunca houve entre mim e ela. Mas entre nós, você e eu, pode haver, não pode?

– Sobre a minha irmã?

– Sim, sobre a sua irmã, o seu irmão, os seus sobrinhos, a sua herança, o seu litígio, o seu problema. Sou comunista, primo, mas extremamente simpático ao seu problema.

– Se queres conversar sobre os nossos problemas, não vejo inconveniente. Estás a te sentir bem esses dias? Tens alguma viagem de saúde amanhã?

– Não, estou livre como um passarinho.

– Então, aceitas me acompanhar a uma pescaria no rio Dão?

– Uau, primo Sérgio! É muito mais do que eu podia esperar. Aceito e com gosto. Espero que me perdoe os maus modos. Nunca fui muito educado.

– Está giro, primo. Fica tranquilo. Sou um pouco reservado, mas tenho o meu senso de humor. Acredito nas tuas boas intenções. Passo aqui às seis para buscá-lo.

– Da tarde?

– Da manhã, ora pois.

Peço amora, cereja, pêssego, uva. Trazem-me goiaba, manga, pinha, figo. Laranja, banana, mexerica. Lola ontem me trouxe uma frutinha vermelha, redonda, pensei ser pitanga, mas em lugar de docinha era azedinha, diferente. Disse que se chama acerola. Dizem que contém vitamina C, que todos precisamos dessas vitaminas contidas no limão, nos cítricos em geral. E eu sonhando com amora e cereja, as doces lembranças mais antigas que tenho da minha terra amada, da infância entre os pinheiros de ázere, as ginjinhas e o suco da uva.

Ó Mariquita, queres me levar ao quintal para ver como andam as coisas? Ajuda-me, mulher, a descer essas escadas. Pede ao Cristino que desça também com a cadeira de balanço, pois hoje vou verificar o andamento da horta e do pomar. É preciso aterrar o corguinho que corre lá no fundo, antes que a enchente nos leve embora alfaces, couves, cenouras e tomates obtidos à custa de muito suor. De lá não saio hoje enquanto não averiguar que as folhas foram varridas do chão de terra, que o porão foi faxinado e arranjado, que não há garrafas espalhadas, papéis pelos cantos. Este quintal, este porão, mais se parecem museu de velharias ajuntadas e amontoadas. Não quero saber de quem é a culpa. A Sinhá vai chegar da missa e não quero que encontre nada atrapalhado.

Se for preciso, chama a Lola para te ajudar, minha filha. Sei que são professoras, mas serviço de arrumação sabe melhor às mulheres que aos homens. Eles são muito ocupados, têm banco e balcão para atender, é o Zezé no senhor Plínio, aquele capitalista desalmado, é o Aníbal a apontar jogo do bicho, é o Ulisses de mudança para Carangola, a servir exército e a galgar melhores colocações no comércio e na caserna. Tu e tua irmã, não. Nada mais têm a fazer que não dar aulas no colégio e cuidar da casa. Não fazem quase nada o dia inteiro, podem bem dirigir os criados na função. Quero o Cristino e a Benigna por conta de arar, semear, podar, varrer e espanar. Não deixes para depois. Vou me sentar nesta cadeira de balanço e não tirarei os olhos do quintal enquanto houver uma formiga empoeirada.

"Um velho barrigudo
De nome Salomão
Vai às barbas do teu pai
Para pedir a tua mão."

Canto para o senhor saber que cá em casa impera a alegria de viver. As dores e as penas ficaram para trás, para o esquecimento que merecem. À minha mulher sabe bem a música, a dança. Os festejos, sejam cristãos ou pagãos, marcam as datas da nossa família. Aqui vendemos prendas na festa de Santa Terezinha, aqui as rosas de Portugal contam histórias do Brasil em braçadas a traçar os caminhos do rio Mondego. Flor do campo, amarelinha, rosa vermelha, rosa branca, rosa rosa. Flor do campo, vermelhinha, rosa amarela, rosa branca, rosa rubra.

Desço a rua, desço a via, vejo o rio. Ali se encontram grandes braços de rio e mar. Qual será mais forte? Se fosse o mar, não era o rio a lhe empecilhar. Trombam e ali ficam no impasse das águas doces e salgadas. Trombam e ali ficam a fazer marola na cabeça do viajante em dúvida: norte, O Porto? Sul, Lisboa? Todos os caminhos levam ao futuro, e é para lá que vou, desprovido de escudos, de tostões, vinténs ou mil réis. Vou para onde o nariz aponta, para onde sopra o vento, para onde leva a vela do vapor que sai em meia hora. Vou e não volto mais. Ah, que canseira, pois.

O pimpão é um peixe zoiudo que se multiplica aos montes no rio Dão e adjacências, assim como por toda a parte. O primo Sérgio diz que é praga, que come qualquer coisa, que não se importa com a crescente poluição do Dão, do Mondego e de outros rios da região. Segundo o primo, embora a população naquelas paragens seja pequena e a economia prescinda de indústrias ou dos grandes padrões do agronegócio, o simples despejo de dejetos vem comprometendo crescentemente a qualidade das águas dos ribeiros. Mas, para o pimpão, isso não é nenhum problema porque ele, literalmente, come até merda.

Já a enguia, não. Astro de um prato típico bem interessante, o ensopado de enguia, esse peixe também ocorre com relativa fartura nos ribeiros do concelho e entorno (e mais ainda nas menções a usos homoeróticos nas ferramentas de pesquisa da internet, devido ao seu formato similar ao de uma cobra, mas isso é uma sacanagem que não discuti com o primo). Nossas enguias têm sofrido com a perda de oxigenação, vêm diminuindo de quantidade e de tamanho, e por isso foi ainda mais valioso o resultado da pescaria que empreendi em companhia de Sérgio nesta fresca manhã. O verão já se foi, a primavera vai longe, e agora os dias deixaram de ser quentes como quando aqui cheguei. É tempo de preparar o inverno.

Portanto, mãos à obra para cozinhar o ensopado de enguia com os três exemplares obtidos da profícua atividade matinal. Está certo que foram todas capturadas pelo meu mestre. Que minha impaciência com vara e linha não me permitiu trazer nada. Mas companheiro de pescaria tem dessas manifestações de solidariedade. Então, aqui estou às voltas com o peixe pescado pelo primo, a receita fornecida pelo primo, e as histórias contadas pelo primo em momentos da maior intimidade que podem dois estranhos desfrutar à beira de um rio, embaixo de uma longa ponte de ferro onde volta e meia passava um atleta do cooper ou um ciclista de speed.

– Por onde devemos começar esta conversa, primo João?

– Prefiro do começo: conte-me o que eu não sei. O que provocou a desavença entre vocês dois, que se davam tão bem?

– A minha irmã chegou a falar-te do marido dela?

– Não. É verdade, taí um assunto em que nunca tocamos. O que ele tem a ver com tudo isso?

– Tudo. O Isaías era um homem bom, mas tinha um defeito, não sei se percebes.

– Se não me conta, não percebo nada.

– Era escurinho, de origem africana...

– Não me diga que o preconceito está por trás dos problemas da família?

– Não me entendas mal, primo, não sou racista. Não é disso que se trata.

– De que, então?

– Moramos todos em África antes da revolução, o primo sabe. Convivemos com africanos, com moçambicanos da melhor qualidade. O Isaías era um homem inteligente, estudara em Portugal, não era má pessoa. Mas não era o melhor para minha irmã.

– Por algum motivo real ou apenas por ser negro, primo?

– Não é questão racial, mas social. De nível. Não tinha posses, não tinha história. Não tinha passado nem futuro.

– Olha, primo, já vi que o rumo dessa prosa não vai me agradar. O que vocês se julgam para considerar os outros piores? Etnocentrismo, racismo, elitismo pouco é bobagem. Pra vocês, um moçambicano, um africano, um brasileiro, não têm história, não valem nada. São plebeus sem direito ao amor da princesa da nobreza. Olha, esse tipo de gente e de pensamento me faz até mal. E eu tô doente, já ando enjoado, vomitando à toa.

– Primo João, me perdoa, não é o que estás a pensar. Sei que disse uma enfiada de asneiras, mas era assim que pensávamos, o meu mano e eu, quando éramos jovens e quando Adélia inventou de se casar com um negro. Aos poucos vimos que ela estava certa e nós, errados. Que o Isaías era homem de bem e merecedor de todo respeito. Mas isso levou tempo. Estou resumindo em poucas palavras uma longa história, um emaranhado de desacertos, de erros que se acumularam e se cristalizaram. Não me julgues precipitadamente.

– Você não me conhece, Sérgio. Em outros tempos eu já teria te dado um soco no nariz ou te virado as costas e ido embora. Não estou julgando, estou ouvindo e me decepcionando com cada argumento que você apresenta.

– Já disse que estava errado. Que levei anos para descobrir que estava errado. Que o Isaías era um bom homem, que fez minha irmã feliz. Que tiveram Helena, uma moça boa, bem criada. E ela, as lindas gêmeas... Como posso convencê-lo de que me arrependi do julgamento preconceituoso?

– Conte-me o resto: quando descobriu que estava errado, pediu desculpas? Reaproximou-se de Adélia?

– Não foi simples assim. Não havíamos rompido. Apenas a distância se impunha entre nós. A minha falecida esposa também não se dava com o meu cunhado. As famílias cresciam em direções antagônicas... Coisas da vida. Cada um para seu lado.

– E depois?

– Depois o Isaías ficou doente e morreu sem que eu tivesse tempo de lhe fazer meu *mea culpa*.

– Então, você foi e fez o *mea culpa* para Adélia viúva...

– Aí quem adoeceu foi Adélia. E se afastou definitivamente.

– Você não a acompanhou durante a doença dela?

– Ela não quis. Não queria ninguém. Afastou-se, saiu de Pinheiro, foi para Coimbra, não queria falar com ninguém...

– E vocês, os irmãos, aceitaram isso sem discutir...

– O clima não era bom entre nós havia muito tempo. Não tinha como forçar a reaproximação.

– Vocês a deixaram sozinha no momento mais difícil da vida dela?

– O primo fala como se tudo fosse fácil.

– Nada é fácil, primo. Ter câncer não é fácil. Vislumbrar a morte não é fácil. Sofrer dor e medo não são as situações mais fáceis que já passei na vida. Mas não sei o que seria de mim se não fosse a força da prima Adélia. Ela é a minha salvação – se salvação houver. E passou sozinha por tudo isso, sem a cumplicidade dos irmãos dela.

– Sem a minha, apenas. Abel já se fora. Abel se foi muito novito. Não sabes como tenho sofrido com a culpa por ter abandonado a minha irmã, por não tê-la amparado quando perdeu o companheiro, quando ficou doente.

– Agora, quer o apoio dela pra resolver a questão do lagar.

– Agora preciso do apoio dela para voltar a ser um homem. Para voltar a me olhar no espelho pela manhã sem o desejo de morrer de vergonha e culpa.

É preciso providenciar os aviamentos. Falta-me tudo, ó Zezé. Corre ao senhor Plínio e encomenda linha, botões, colchetes e entretelas. Tesoura e agulha nunca deixo faltar. Mas não esquece de me trazer o rol dos tecidos de que dispõe o senhor Plínio para aviarmos o quanto antes. Faz-se tempo de montar os melhores fraques e as casacas de luxo. Cousa chique, não te esqueças. Os endinheirados já vêm a encomendar, tirar medidas e mandar riscar os fatos que por cá chamam-nos ternos. Ó Zezé, tira a cabeça do aeroplano, do futebol e dos golos que furou no último domingo! Não vês que assim, de asa quebrada e talas para colar os ossos, terás que fazer algum repouso? Já o tipo da farmácia se ri do meu filho batuta, mas são caçoadas de quem bem quer.

Os miúdos agora deram de se interessar por astronomia. A Lola e a Mariquita rivalizam com o Zezé em mandar revistas e recortes para o Ulisses. Dizem que em Carangola o irmão não fica a saber de nada. E tome planetas, esferas, astros e asteroides. E tome charadas e rimas, trovas e adivinhas, que cá em casa não se passa sem cantar e pagodear. O senhor sabe, não tenho lembrança triste desta minha vida. Só alegrias e satisfações, só casos engraçados a tirar do sério até o mais pobre e solitário português.

Tirante as saudades, esta minha vida é um roseiral de cores variegadas. Quantos amores, quantas namoradas!

Adélia, Amália, Florbela, Benigna, Alice, onde estão todas que ficaram tão pouco tempo na minha vida e logo se foram para nunca mais? Tenho sido feliz nesta vida, o senhor quer crer? Nada me faz falta, a não ser os miúdos que cresceram, os netinhos que se foram a estudar noutras plagas, a doce esposa que comigo criou uma família de verdade, um grupo sólido em torno de valores morais e alegria de viver.

"Segunda-feira te amo,
Na terça te quero bem,
Na quarta direi por ti,
Na quinta por mais ninguém."

Houve cá em Muriaé um senhor francês que ficou meu amigo, o Joseph, casado com uma daquelas alemãs que chegaram da Europa bem antes de mim. O filho do Joseph era João, como eu, e o filho do João, outro João. O senhor quer crer que a filha desse João veio a se casar com o meu Zezé? Uma linda pequena, com longas tranças e olhos negros, sestrosa e meiga como a mulher deve ser. O senhor quer crer que o Zezé se casou com a bisneta do meu amigo Joseph e levou-a por aí a andar de aeroplano?

"Os beijos e muitos beijos
Não matam os meus desejos
E não os podem matar.
Os beijos são mui ligeiros,
Os abraços tão fagueiros,
Abraços te quero dar."

Quisera eu encontrar uma esposa para me confortar das noites frias dessa Pinheiro gelada. De madrugadinha cai a geada, branqueia os campos e se estende por onde a vista alcança, da Serra da Estrela à do Caramulo. Ensombrece tudo. O breu circunda e tomba sobre as almas dos pecadores, enquanto o vento cortante como o fio da navalha penetra pelas frestas das janelas mal colocadas. O que será que se passa em Muriaé para nevar fora do tempo assim? Nem ainda é fim de ano, o Natal vai longe, e os pinheiros a quebrar nas pontas em placas de vidro d'água. Mariquita, manda fechar todas as portas e janelas! Não te esqueças de apanhar o pão deixado pelo português unha de fome, mas em seguida corre tramelas e travas, passa tudo a chave, antes que a tribuzana chegue e lance raios sobre as árvores onde se escondem rapazes fugidos de amores mal guardados.

Olha os olivais! Olha as azeitonas! Este ano a safra será das melhores e teremos azeite de pureza inigualável em toda a região, do Alentejo ao Ribatejo, de Trás os Montes a muito além da Taprobana.

A informação me veio do primo Sérgio, mas a receita propriamente dita posso assumir como minha, uma vez que venho de Minas Gerais, onde se cozinha com o melhor tempero do mundo e onde sabemos imprimir nosso sabor especial a qualquer prato que preparemos. Vamos, pois, ao ensopado de enguia.

Precisava de dois quilos. Peguei o que tinha – três enguias, não as pesei –, limpei-as e piquei-as em postas iguais. Refoguei no azeite da família (era para ser banha de porco, mas ando com o estômago muito sensível para tamanha extravagância) alho e cebola bem picadinhos até dourarem. Acrescentei tomate maduro, cheiro-verde (no caso, somente salsinha), não muito sal, uma folha de louro, as postas do peixe. Quando estava quase tudo cozido, juntei pimentão e deixei cozinhar bastante, até pegar cara de ensopado. O toque especial veio com o vinho branco que despejei sobre o ensopado, que fez saltar o sabor do álcool e a lembrança da uva. Ulalá! O acompanhamento? Apenas torradas bem crocantes. E o mesmo vinho branco do tempero, que aqui não se usa do ruim pra cozinhar e do bom pra beber. Todos são excelentes.

Adélia, Helena, Jorge e as gêmeas chegaram juntos para o jantar. Da rua já riam e comentavam alto o aroma "a banquete" que captavam. Entraram rindo, as miúdas contando histórias da escola, produzindo sorrisos de orgulho nos pais e na avó coruja. Nem tenho palavras para dizer o tanto que essa algaravia infantil e feminil me faz bem à alma. Foram entrando e me vendo de avental e chapéu de mestre-cuca que comprara no enxoval da casa. Adélia se fazia de admirada com meus dotes, embora eu já tivesse dito a ela que possuía talentos culinários. Conto tanta mentira que ninguém mais acredita em mim.

– Gostou de me ver em ação, prima Adélia?

– O primo é um poço sem fundo de surpresas e mistérios...

– A prima ainda não viu nada.

– Ah, pois. Ainda teremos novidades na ceia?

– Teremos. Mas somente se a prima consentir...

– Ó pá, Jorge, parece que o primo e Mamã estão de intenções pouco bentas esta noite... Acho melhor sairmos de fininho...

– Vai ser difícil, Helena, sairmos eu, tu e as miúdas sem que os dois percebam...

– Não é nada disso, seus alcoviteiros. A surpresa maior da noite nada tem de romance. Envolve todos vocês e só ocorrerá se vocês assim o permitirem.

– Ai é? Então do que se trata, primo João?

– Trata-se do seu irmão, prima. Do Sérgio.

– E o que tem o mano a ver com tudo isso? Sei que estiveram juntos pela manhã. O que o primo anda planejando?

– Seu irmão quer encontrá-los e conversar. Pediu minha interferência. Conferiu-me missão diplomática. Sei que não sou o embaixador que nenhum governo pediu a Deus, mas um consulzinho de quinta posso tentar bancar.

– Olha, primo, sei que já passou do tempo de reatarmos as conversas perdidas, mas tens certeza de que um jantar em família seria o melhor momento para um encontro de negócios?

– Aí é que está, Adélia. Sérgio não propôs um jantar de negócios. Bom, não que os negócios não lhe interessem. Mas o que ele demandou, de verdade, foi um encontro de família.

– Então toda essa pantomima de ensopado de enguia não passa de um truque dele para se reaproximar dos parentes que ele renegou há tanto tempo?

– Veja bem, prima Adélia. Ele demandou, mas não comandou. A ideia do jantar foi minha. Pescamos juntos as enguias. Ele me falou do ensopado como um prato típico daqui. Eu o desafiei a experimentar o meu tempero mineiro. E o desafiei a vir jantar comigo, conosco, como uma grande família reunida. Ele disse que topava se vocês aceitassem. Fiz mal?

– O primo não é tão ingênuo. Percebe que faz anos que não nos falamos, meu mano e eu, e que as mágoas, nesse meio tempo, se acumularam. Achas mesmo que ele tem algo de bom a nos trazer esta noite, além da receita do ensopado?

– Ele tem, Adélia. Ele quer falar. Ele também sofre.

– Ele por acaso está escondido atrás de algum biombo a escutar esta conversa?

– Não, prima. O senhor embaixador só trará o sexto convidado se vocês concordarem. Adélia, não sei quais, mas sei que são muitas as mágoas. Não lhe tiro em absoluto a razão. Mas tem certeza que quer legar para a posteridade, e posteridade aqui são Helena, Jorge, Flor e Amália, a perpetuação dos ressentimentos?

– Vó, deixa vir o tio Sérgio. A nós nos agradaria conhecê-lo, afinal.

– Mãe, a Flor falou por nós. Ao Jorge e a mim nos preocupa esse desentendimento sem fim. Não precisamos ficar amiguinhos de ninguém. Ninguém vai sair daqui a valsar e a sambar, como se o passado não tivesse existido. Mas dar voz a quem pede a palavra tem sido nosso lema, não tem? O primo João não pode falhar logo em sua primeira missão diplomática.

– É isso, minha estimada prima Adélia, minha querida amiga e salvadora. Tenho sido incendiário por toda a minha vida. Agora que me faço de bombeiro, não posso fracassar na estreia da função. Conto com você pra me quebrar mais esse galho.

– Primo João, uma vez ouvi-te dizer à tua filha Maíra que não eras macaco gordo para andares a quebrar galhos. Ri-me muito da imagem. Conhecia a expressão mas não no tom de pilhéria que só o primo domina. Dir-te-ia que não sou macaca gorda para quebrar teu galho, mas ainda não aprendi a dizer-te não. Faça vir o mano. Comeremos o ensopado à mineira ou à portuguesa, ouviremos o que tem a dizer.

– É por isso que te amo, Adélia. Desculpem-me dizer isso da mãe, sogra e avó de vocês na frente de todos e sem corar: é por isso que te amo.

Visitam-me as colinas do Mondego e do Dão, onduladas e cobertas por pinheirais. Ora verdes brilhantes a reverberar a luz do verão. Ora cinzentos, prateados pela cobertura da geada que virou neve aos olhos enregelados do passante. Visita-me a moldura da Serra da Estrela ao norte, para além de Viseu e de suas largas avenidas. Visitam-me os olhos abertos de quem sonha acordado o traçado antigo de Santa Comba Dão, cercada de amoreiras e cerejeiras em flor na primavera dos meus primeiros janeiros.

Ó Benigna, dá cá a mão ao velho que quer levantar-se desta cadeira de balanço onde parece ter-lhe pregado a bunda para a eternidade. Negrinha minha vida, casa comigo e vamos embora para Viseu! Ainda sou jovem e vigoroso para acalmar teu fogo de morena nova. Vamos! Deixa de lado o orgulho, para de me tratar como patrão, pois sabes bem que és minha namorada e que posso ainda te cumular de filhinhos tão rosados como os netinhos que me vêm visitar nesta tarde quente desta terra úmida da Zona da Mata de São Paulo do Muriaé.

O senhor quer crer que estou para me casar? Depois de tantos casamentos felizes que tive nesta minha longa vida, sobram-me forças para retomar os caminhos dos amores interrompidos pela partida das minhas primeiras mulheres. A Adélia que se foi tão jovenzita, doentinha. Que a saúde não lhe permitiu gozar dos melhores anos. E a Alice, a minha Sinhá que tampouco pôde vivenciar o que a vida tinha de mais benfazejo, e cá me deixou com sete filhos para criar... Nove? Dez? Ó Mariquita, quantos filhos deveras tive eu? Cada qual diz uma cousa, nunca sei quem está a mentir, quem está a caçoar do velho...

Sentado nesse banco de praça, o senhor olha para esse velho e não lhe adivinha quantas riquezas teve nessa longa vida, quanta terra gramou nessa longa estrada. O senhor quer crer que a minha família, em Portugal, era proprietária de cinco quintas! Doze quintas! Ali na região de Coimbra. Todas altamente produtivas. Ali colhíamos as melhores uvas e fazíamos o melhor vinho de todo o vale do Dão! E nossas azeitonas davam o melhor azeite, o de maior pureza que toda a Beira Alta já experimentou. Éramos ricos e esnobes. Estudávamos na Universidade de Coimbra. Nossos moços já lá se formavam ainda no século XVIII, de lá saíam doutores no Direito, na Filosofia, na Medicina! Lembro-me bem, o senhor quer crer?

Ó Mariquita, manda chamar a Benigna para me levar de volta à casa. Vou dar uma passada antes na Marocas, para brincar com as meninas dela. Lá estão a Meire, a Lila, a Terezinha, a Pituchinha, todas a me chamar "vovô" e a me pregar petas. São batutas as miúdas da Marocas. Como me sabe bem contar-lhes anedotas, ouvir-lhes as pândegas! Corre, Benigna, que a ventania sopra forte e anuncia tempestade de neve! Este dezembro prenuncia nevasca. Tempo de esconder-se embaixo das cobertas e de lá não sair enquanto o vento não virar. Doem-me os ossos nesse frio sem fim.

Queria de volta o Zezé e o Ulisses. Queria de volta o Aníbal, o meu miúdo esperto e vivaz, um azougue pela casa e pela rua, e não o pobrezito em que se transformou.

Queria de volta as miúdas a rir e cantar, a Mariquita, com suas estrelas, cometas e asteroides, a Lola, a saltitar para lá e para cá e a me encher d'água os olhos com tanta e tão espontânea alegria. Ó italiano, devolve a minha Lola! A minha pequetita Zélia, que a sorte não deixou crescer e partilhar dessa tola aventura de viver. Ó São José, onde estavas quando rezamos a mais devotada novena, a trezena mais compungida, a promessa mais candente, onde estavas que deixaste partir a nossa pequerrucha, tão lourinha, tão miúda quanto o nosso Zezé, que com ela dividia o bercinho e milagrosamente escapou às febres, às tosses e à falta de ar que a levou de nós?

Ó Sinhá! Já vou! Também vou! Estou a caminho, Sinhá! Não me grites assim que me fazes doer os ouvidos já moucos pelo tempo e pelo cansaço. Estou na estrada, minha velha, que nunca chegaste a ficar velha, pois que assim não lhe permitiu Deus, o diabo, ou seja lá quem for que leve de uma família a mais doce e extremosa mãe e mulher e companheira e amiga e amante e esposa, irmã, filha, tia, madrinha... Quantas cousas boas foi a Sinhá na sua curta vida, ó pá. Espera-me um pouquito mais, minha amada, que já estou a caminho.

"Sexta-feira da Paixão,
Se os passarinhos soubessem
Não mexiam nos seus ninhos
Nem punham os pés no chão."

Sabes o cúmulo da habilidade? Uma costureira costurar com o fio do telégrafo!

– Entra, primo Sérgio.

– Bons dias a todos. Espero que me perdoem a sugestão do convite que fiz ao primo João. Ele de nada tem culpa. Estás bem, minha irmã. Com bom aspecto. E as raparigas cada dia mais viçosas.

– Claro que o primo é inocente nessa história, meu irmão. Mas posso garantir-te que estranhei tal pedido de aproximação após tantos anos de distância. O que pretendes?

– Pretendo retomar nossa história lá atrás, onde ela parou.

– Atrás quanto? À morte dos nossos pais, quando não tivemos serenidade para manter vivo o negócio da família? Ao tempo da minha doença, que enfrentei sozinha, como se me estivessem mortos todos os parentes? Ou mais atrás ainda, quando os preconceitos de uma sociedade retrógrada falaram mais alto que o caráter de um homem e que o amor de uma mulher? A quanto antes queres chegar, Sérgio?

– A quão distante for necessário para pôr-lhe um ponto final. Para zerar as contas e começar de novo.

– O que queres dizer com isso, meu tio? E mais: achas mesmo necessário que eu, o Jorge e as minhas filhas participemos disso?

– Se a minha sobrinha não quiser ficar, esteja à vontade. Mas as palavras que planejo dirigir à tua mãe, Helena, à tua sogra, Jorge, e à vossa avó, Amália e Flor, são também dirigidas a todos vocês. Trata-se de um pedido de perdão. Trata-se de uma tentativa de reparação por todo o mal causado por mim, por minha falecida esposa, por quem quer que vos tenha ofendido.

– Mamãe, queremos ficar. Queremos ver o tio e a avó fazerem as pazes.

– A pequena resumiu bem, Adélia. Vim aqui hoje, após amadurecer durante meses essa ideia, com o único propósito de encontrar a paz.

– E reabrir o lagar, pois.

– Minha irmã, bem sabes que o fechamento do nosso lagar muito me doeu, como imagino que te tenha também machucado, mas o que me tira a paz do sono é bem maior que negócios. Muitos de nós já morreram sem que tivéssemos dado conta de corrigir os erros do passado. Esses erros se cristalizaram e fizeram de nós pessoas duras, de coração empedrado e incapazes do afeto mais verdadeiro.

– Fala por ti. Não me sinto assim.

– Claro, falo por mim, por minha mulher, que já se foi, pelos meus filhos, que também, a seu modo, se foram, viraram-me as costas e nunca mais voltaram – creio que nunca mais voltarão. Falo pelos nossos sobrinhos que conspurcam a memória do nosso Abel com mesquinharias responsáveis por termos chegado aonde chegamos. Não falo pela tua família, cá presente, bela e unida, a única a conduzir a herança afetiva à qual nós outros todos renunciamos.

– O meu irmão se sente só.

– Sinto-me só, mas é pior que isso. Sinto-me mal. Sinto-me em dívida contigo e com os teus.

– Com o meu falecido marido também?

– Com o Isaías, sobretudo. Talvez ele tenha sido a maior vítima de todo o rancor acumulado, de todo o preconceito perpetuado.

– O que não consigo perceber, meu irmão, é como foste tão cego a ponto de negar, por um preconceito ultrapassado, as qualidades de um homem com a grandeza do Isaías.

– Hoje posso perceber isso, Adélia, mas quando jovens, não. Ele era africano, negro, de classe social inferior à nossa.

– Ele era um professor universitário formado em Coimbra! Um intelectual, um homem culto e inteligente, o melhor companheiro que eu poderia ter encontrado nesta vida, o melhor pai que poderia dar à minha Helena!

– Na juventude, marcados ainda pela ditadura e pelas agruras do novo regime, por tudo termos perdido em África, só nos sobravam rancor e ressentimento. Percebes que havia uma guerra em curso? Uma guerra entre nós e os outros? E que tomaste o partido dos outros contra nós?

– Não, meu irmão. Nunca tomei o partido dos "outros". Mas de um outro "nós" diferente do que os meus irmãos abraçaram. Nunca vais concordar que existem classes sociais, luta de classes, uma perspectiva popular à qual sempre fui fiel e com a qual sempre me alinhei. Casar-me com um homem do povo que cresceu pelos próprios méritos, ter uma filha mulata numa sociedade preconceituosa como a nossa, trazer para Pinheiro d'Ázere essa nova realidade na qual Portugal estava entrando – tudo isso foi meu esforço de guerra. Só não precisava ter como inimigo o meu próprio sangue.

– Admito que errei, que erramos, nossos pais, Abel e eu. Com o passar do tempo, pude ver que tipo era o Isaías. Mesmo afastados, me rendia a cada demonstração de retidão, a cada gesto nobre, e como o vi fazê-los sempre. E a tua filha, esta formosa e íntegra Helena, com seu marido justo e suas filhas iluminadas, é a prova viva de que não poderias ter tido melhor marido e companheiro.

– Só Deus sabe o quanto sofri na solidão, no isolamento. Na doença e morte do Isaías, no enfrentamento do meu próprio calvário.

– Perdão, minha irmã. Perdão por não ter estado ao teu lado. Perdão por todos os dias e noites que sofreste dor, que precisaste mais do que de medicamentos e lá eu não estava a te coar um chá, a te passar a mão na cabeça.

– Primos, desculpem-me interromper, mas o ensopado está pronto e, modéstia às favas, está supimpa!

– Obrigada, primo João. É hora mesmo de pararmos um pouco para cear.

– Obrigado, primo.

A cada vez que pisco os olhos vejo nuvens, sombras, brumas. Mariquita, traz meus óculos, por favor, minha filha, que quase já não estou a enxergar. Como enfiar a linha na agulha, como fazer o corte reto que sempre fiz, desde que a Mamã me ensinou, e me ensinou a prestar bastante atenção ao Papá enquanto ele fazia o risco, a dobra, o corte. Minha filha, minha filhinha, traz minha sopa com o pãozinho quente do Papá que a fome aperta e o frio sobe pelas pernas do Papá...

"Ó morte, tu és valente,
Derrubas seja quem for,
Morre o sábio e o doutor,
Pra ti não há tortura,
Com a tua desenvoltura
Derrubas seja quem for."

Faz frio. Nem bem chegou outubro e já começam as primeiras nevascas, como se fosse dezembro alto. Como celebrar em família o Natal se a família está a se desintegrar, um para Lisboa, um para Coimbra, um para o Brasil, uns tantos para a África... Tios, primos, aonde se vão todos em meio à bruma que recobre os olhos do velho? O Velho também já se foi, e foi um segundo pai para mim. Já te disse isso, Zezé, como o teu avô, o Capitão, foi um segundo pai para este imigrante pobre. A quem confiou sua amizade e seu bem mais precioso. Um grande homem, o Velho. Não foram justos com o português, herói da pátria Brasil.

A mocidade se foi e com ela os pássaros, a brisa sobre o vale, as pernas firmes a subir e descer colinas atrás do rebanho. Agora, galinhas e pintos se espalham pelo quintal, e eu aqui nesta cadeira de balanço a torcer para o galo. Ele é que é feliz. O velho na solidão e na saudade, enquanto o galinheiro em festa nos cumula de ovos para a gemada nossa de cada dia. Ó Benigna, me tira daqui, me leva ao quarto para eu mirar a fotografia esmaecida da minha Sinhá antes que de sua fisionomia me esqueça por completo. Já nem sei mais se ela era ela mesma ou se foi outra, em outra vida, outro amor, outro continente. Se morreu jovem e doentinha ou se me abandonou no altar, engalanado no meu fraque do luxo possível.

"São João para ver as moças
Fez uma fonte de prata.
As moças não viram a fonte,
São João logo todo se mata."

O jantar correu sereno, os irmãos buscando a naturalidade perdida em tantos anos de afastamento. Preservadas, porém, a educação e a fineza típicas desses Henriques dos quais, estranhamente, faço parte. As meninas de Helena, divertidas, ajudavam a quebrar o gelo, com suas perguntas e tiradas sempre inteligentes. Mexiam com a receita do ensopado de enguia, que corri a debitar na conta de Sérgio. Esse, por sua vez, aceitava sem se esquivar. Afinal, estava ali de peito aberto e disposto a depor armas a qualquer custo. Entre pequenos silêncios constrangedores, prevaleceu a leveza de hábito.

Ao fim do ensopado, todos alimentados e com o vinho branco a descer suavemente, de modo a relaxar os músculos sem turvar a mente, Jorge, Helena e as meninas pediram licença para se retirar – não sem antes um brinde com ginjinha –, pois as miúdas precisavam dormir cedo para ir ao liceu na manhã seguinte. Ficamos, portanto, eu e os irmãos, enfim sós. Perguntei se queriam que os deixasse à vontade, mas ambos preferiram minha presença. Segurança, proteção, defesa? Tudo um pouco, com certeza. Após mais um silêncio de tensão crescente, coube a Sérgio tomar a palavra.

– Então, Adélia? Vais aceitar-me de volta como teu irmão?

– Pois se nunca deixaste de ser meu irmão...

– Mas não agi como tal. Serás capaz de me perdoar?

– Capaz o sou, meu irmão. O que não sei é se posso confiar na pureza de intenções desse teu gesto. Não seria apenas um entendimento com vistas aos negócios, à retomada da empresa? Uma aliança para enfrentarmos, unidos, nossos sobrinhos de Lisboa?

– Se fosse, minha irmã, eu também falaria. Mas, de coração, penso que estamos ficando velhos quando deveríamos estar maduros. O tempo corre depressa demais. A mana já esteve gravemente enferma, sem que eu estivesse ao seu lado para a amparar, ou seja lá para o que fosse. Claro que me interessa resolver as pendências e devolver sentido à minha vida de velho reformado antes do tempo. Mas é bem mais, muito mais que isso.

– Onde foi que erraste, mano?

– Ora, creio que em tudo. No julgamento precipitado do meu cunhado, teu marido. Em dar ouvidos aos preconceitos da minha mulher, que, esta sim, nunca aceitou o teu casamento com o Isaías. Em deixar que pequenas coisas tomassem lugar das grandes coisas. Que os ressentimentos criassem uma couraça sobre os sentimentos. A ti te basta?

– A mim me basta, Sérgio. Também te amo, meu irmão, e não posso, por mais que tente, esquecer a felicidade da nossa infância livre por esses vales, as pescarias no Dão, as viagens da mocidade por todo o país, quando sonhávamos a bordo do comboio, para norte e para sul, dando vazão aos desejos de conhecer o mundo. Fomos felizes, não fomos?

– Fomos felizes, mana. E ainda podemos sê-lo novamente. Em primeiro lugar, quero saber de tudo a teu respeito: estás de fato bem? Não tiveste mais problemas de saúde?

– Estou curada, Sérgio. Claro que preciso fazer os controles periódicos, mas isso qualquer um que tenha tido o cancro terá que fazer por toda a vida. Estou bem de saúde. Estou com as finanças equilibradas, apesar do aperto da nossa economia, com essa crise do euro.

– Sim, sei bem disso. Também tenho dado meus pulos, muito embora nossa situação seja confortável, graças à estabilidade conquistada em tantas décadas de produção constante.

– Mas sentes falta do trabalho.

– Isso está a me matar, mana. A solidão dá para aguentar, com a velhice o tipo se conforma. Mas com o vazio de ação, não. Se fosse velho e inválido talvez tolerasse melhor essa situação. Mas me sinto ainda forte e cheio de vida. Não é justo mantermos paralisada nossa capacidade de produzir. E isso vale para tudo que se pensar.

– Concordo. É disso que temos conversado, o primo João aqui e eu, nessas semanas em que ele cá está conosco. O primo andou querendo renunciar à luta, mas nós em casa estamos nos esforçando para trazê-lo conosco à ação, não é, primo?

– A prima me salvou a vida, primo Sérgio. Já lhe disse que ela é meu anjo da guarda? E já lhe disse que sou ateu, não disse?

– O primo sempre pândego. Primo João, acho que podes nos ajudar no nosso desafio maior, agora, que é o de deitar uma ponte sobre a imenso desentendimento que nos separa dos nossos sobrinhos. O que pensas?

– Penso que sim. Não sei como, mas agora faço parte da família e quero colaborar. O primo tem alguma ideia?

– A formação do primo não se deu na área econômica?

– Sim, sou economista por formação, professor por profissão, aposentado, ou reformado, como vocês dizem, por falta de opção.

–Ah pois. Então, vai calhar com nossas necessidades.

– O que tens em mente, meu irmão?

– Tenho em mente uma assessoria, uma consultoria, uma auditoria. Algo que o primo João possa fazer por nós, pelo lagar, para apresentar aos filhos do Abel. Quem sabe, com um parecer desse tipo, eles não se abrem a um diálogo, afinal?

O aeroplano em que o Zezé viajou saiu de Caratinga e foi até Belo Horizonte. Sim, a capital do estado. Não é província, como em Portugal. Aqui é estado. Aqui não temos freguesias e concelhos, como lá. São distritos, municípios, comarcas. E cartórios, esses os há para dar poder aos que podem, como meu sogro, um homem bom, pelo menos, e o francês pai ou avô da mulher do Zezé, não tenho certeza. O senhor quer crer que meus filhos Ulisses e Zezé, juntos, já me deram mais de vinte netos? Ah pois. Normalmente só me lembro do Neném e da Nininha, que estão cá perto de mim. Mas lá longe, em Barra Mansa, Caratinga, Belo Horizonte, nem sei mais onde, meus dois extremos, o primogênito e o caçula, me cumularam de descendência. Os Henriques vão longe, ah vão.

O meu genro é aquele sapateiro italiano, não sabes? Aquele dono do açougue. Sapataria ou açougue? Eu é que sei? Um dos dois. Sei que é bom nos sapatos que faz, quantas vezes já não fornecemos para o mesmo casamento, eu a casaca, ele o calçado? Ah pois. E bom de caça também. Hoje não vou mais com ele à caça, mas já fui muito, quando rapazote. Caçávamos e pescávamos no Dão – não, no Dão não. No Dão eu pescava enguias com meus primos de Pinheiro. Acho que o senhor fez confusão. Com meu genro italiano caçávamos patos-do-mato, grandes aves que ele prepara assadas com uma boa farofa. Esse meu genro é um bom homem. Meio esquisito, pois não? Ora sisudo, ora danado para assobiar cantigas sabe-se lá de onde. Da Itália, por suposto. Ou não.

> *"Rapazes e raparigas,*
> *Olhai bem por onde andais,*
> *A honra é como o vidro,*
> *Se quebra não solda mais."*

Minha Lola está pois bem casada com esse italiano. Que faz-me companhia em silêncio. Chama-me à caçada e à pescaria. Não vou. Não me sinto bem. Prefiro ficar em frente ao açougue dele esperando a hora de saírem as crianças do jardim de infância. Assim posso me alegrar com a vida infantil inocente, renovada. Lembrar-me de quando meus filhos eram assim petizes, tão cheios de vida e chegados a uma bola. Era o dia todo correndo atrás de bola, volta para casa, ó Zezé, volta, Aníbal, ó Ulisses, traz teus irmãos para casa, e eles já vou, Papá, é a conta de furar mais um golo, e vão que vão até quebrar o braço numa disputa mais estouvada. Esses meninos!

E a Lola atrás, saia amarrada às pernas, como se homenzito fosse, atrás dos irmãos. Nem sei como o italiano se interessou por ela, com aquele jeito de rapariga estabanada. Apenas o jeito, que a mocinha de fato é ajuizada, boa filha e aluna muito bem avaliada no colégio. Convidada para ser professora nas marcelinas! No mesmo rumo da Mariquita, esta sim bem-comportada, uma filha prendada, a melhor aluna da sala. Já está dando aulas no colégio e para uma turma particular, em casa. Praticamente dona da sua escolinha. Ó Mariquita, se não fosses tão carola, arrumavas também um bom partido. Mas essa mania de igreja e rezas, para mim, já foi longe demais. A tua mãe te mimou, minha filha. Agora só fazes o que bem entendes. Pois então, busca minha sopa e fecha bem as janelas para que a brisa da noite não me deixe constipado.

"Você, que todo dia
Vai à praça passear,
Não perca a esperança
De um casamento encontrar."

Minha expertise é em cooperativismo, então foi por aí que conduzi o estudo que fiz junto ao lagar da família Henriques. Primeiro, avaliar o que havia em termos de equipamento de produção, estoque, etc. Depois, a mão de obra interrompida pelo fechamento. Alguns já haviam morrido, mas a maioria do pessoal estava por perto, em outras ocupações similares nas quintas de olivais da própria freguesia. Estudei também as propostas feitas pelos filhos de Abel, descartando a parte de redução de custos via corte de pessoal e aproveitando as sugestões de modernização via informatização e novas tecnologias. A ideia é cooperar ao máximo, com a entrega das azeitonas pelos pequenos produtores da região e a distribuição, proporcional entre todos, dos ganhos auferidos. Buscando a sustentabilidade e a harmonia entre as técnicas tradicionais da cultura local e o respeito ao meio ambiente.

O que fazer com os sobrinhos goela larga? Propus que Sérgio e Adélia dessem a eles, além de um terço do lucro líquido (inicialmente zero), a produção estocada para que eles a vendam e tirem dela os supostos prejuízos que pensam ter tido no período em que o pai havia morrido e o tio cuidava da empresa. Mas caberá a eles tirar dos tanques, envasar, transportar e comercializar todo o azeite que Adélia e Sérgio guardam em suas respectivas casas. Será uma trabalheira – e eles terão que vir fazer isso aqui. Não tem jeito de ligar um controle remoto nesse caso.

Meu trabalho andou devagar porque, nesse meio tempo, tive nova sessão de quimioterapia em Coimbra e não me senti bem nos dias seguintes, como vem ocorrendo sempre. Além do mais, o verão ficou pra trás e o outono europeu não é exatamente como a gente o conhece no Brasil. Após uma primavera e um verão de flores muitas e belas – nunca vi tantas rosas, em tantos tons e semitons, como em Pinheiro de Ázere, Santa Comba Dão e Coimbra, sem falar no caminho que une essas lindas cidades –, chegou o tempo das folhas amarelas. Após tantas rosas e flores do campo nas beiras de estrada, brancas, vermelhas, amarelas, rosa-chá, de bordas escuras, em degradê e quanta coisa inusitada mais, árvores se desfolham, a paisagem muda completamente e o frio começa a dar as caras. O pior é que um dos sintomas mais incômodos na minha ressaca da químio é a sensibilidade às baixas temperaturas. Sobretudo nas extremidades do corpo, pés e mãos.

Então, aos enjoos de praxe e à falta de apetite que só cede aos doces de ovos e natas feitos com açúcar e com afeto pela prima Adélia, juntou-se essa fraqueza com relação ao frio que aperta cada vez mais. Emagreci mais um pouco. Meus movimentos tornam-se cada vez mais lentos. Ventinhos gelados penetram na minha mansão, obrigando-me a duplicar a proteção de manta e edredom. Acho que vou ter que providenciar um cobertor elétrico na hora que o inverno chegar pra valer. Lareira, tenho, mas não sei usá-la. Será que agora pego o jeito? Parece que terei que aprender.

Assim, devagar, nos limites da minha atual condição, terminei o estudo do caso do lagar. Sérgio e Adélia adoraram. Ele vai se incumbir da produção e ela do pessoal. Cada qual na sua vocação. Vão adotar mais medidas participativas, já que, reunido mais uma vez, o pessoal já conhece o serviço e nutre pelo negócio o mesmo amor que a família proprietária. Um dos principais colaboradores do velho Francisco, pai dos primos, ainda é fortão em seus sessenta e tais anos e faltou chorar quando chamado pelo Sérgio para encabeçar a arregimentação da equipe para a volta do lagar à ação.

Enquanto isso, saio cada vez menos, recebo dos primos cada vez mais cuidados e atenção. As gêmeas não deixam de vir me ver todos os dias, ao saírem da aula, com suas histórias, suas cantigas, suas perguntas desconcertantes. Agora cismaram que eu e a avó delas somos namorados. Eu rio, faço troça, como é do meu feitio, mas, sinceramente, não sei dizer o que seria de mim sem a mão suave da prima a me medir a febre quando o corpo começa a tremer. E o Sérgio é bom mesmo na cozinha. Me preparou um bacalhau ao forno nas natas que seria de comer de joelhos, se as minhas juntas ainda prestassem pra alguma coisa.

Contei tudo isso aos risos pra Maíra no on-line da internet. Dos risos passamos às lágrimas. Emocionados ambos, preocupada ela com a minha situação, pensando principalmente na chegada do inverno, iminente. Porque aqui é assim: não tem essa de este ano não esfriou tanto. Esfria, cai geada, neva. Se dói tudo na gente normal, pensa num ancião doente, depauperado pelo tratamento que rivaliza com a doença pra ver quem o leva primeiro. Outono, estação de cores poeticamente monótonas, taí uma coisa que brasileiro não conhece de fato.

Desce daí, ó miúdo! Não me vás cair de cima desta mangueira e esborrachar no chão feito fruta madura! Desce daí! Depois perdes a consciência e te prejudicas das ideias. Depois ficas bobo a babar na lapela feito uns e outros. Depois te entregas a desvarios vãos e a devaneios tolos. Depois te deixas levar pela carolice e te tornas um santarrão de sacristia. Depois perdes o juízo, perdes o bonde, perdes o comboio que te levaria ao mundo. Depois perdes a vida a tomar notas de cousas sem importância. Depois perdes o tempo a escoar entre os dedos feito ampulheta sem volta. Desce daí!

Sabes o cúmulo da delicadeza? Um soldado bater continência a um cabo de vassoura...

O meu filho Zezé, batuta como ele só, me apronta cada uma. O senhor quer crer que o tipo deu de andar com as mãos para cima, penduradas, a seguir moda de umas raparigas que chegaram do Rio de Janeiro? Nem sei dizer a que sabia tal moda! Braços a meio do corpo, mãos a balouçar de modo desmunhecado, sapequei-lhe uns beliscões e o proibi de brincar daquilo. Se te vir novamente com esses ares importados, dar-te-ei serão charges na sinagoga, ó gajo. E foi para nunca mais!

E nunca mais comi as cerejas que tanto amava. Ameixas sim, que aqui as há. Não tão suculentas e saborosas como as da minha terrinha, mas das boas, também.

Se há algo de que não se possa reclamar no Brasil são as frutas. O pãozinho também, não é, Mariquita? Já viste que o infeliz o deixou na janela, como faz religiosamente uma vez por dia? Claro, se com a mesma religiosidade pagarmos a conta da padaria, ó pá.

Deveríamos ter feito como ele e pregado no estabelecimento a placa com os dizeres: "fiado só para maiores de cento e vinte anos acompanhados dos pais". Essa é do meu filho Aníbal! Não perdem a piada, os meus filhos. Nem que para isso tenham que tomar nota numa cadernetinha em espiral, de modo a resguardar a memória que já lhes anda a fraquejar. Pobre do meu filho...

"Não adianta apelar
Pra Santo Antônio ajudar
Porque a sua bem-amada
Com você não quer casar."

Não fui à reunião de família que Adélia e Sérgio tiveram com os sobrinhos, em Lisboa. Seria muito sacrifício pra mim, no estado em que estou, enfrentar umas horinhas de trem, mais umas de tensa tentativa de entendimento. Sei que tudo correu bem, dentro do possível. Eles ainda não estão plenamente convencidos da retomada do lagar, pensam que a liquidação total eliminaria de vez o problema. Mas aceitaram uma tentativa, nos moldes que propus.

O melhor de tudo, pra mim, é ver Adélia e Sérgio conversando de novo, resgatando a antiga cumplicidade. Não sei se eu teria capacidade de perdoar como tem a Adélia, mas percebo que, apesar de todos os erros cometidos, e de um reacionarismo meio ontológico entranhado no ser do primo, ele é um homem gentil, capaz de delicadezas e sensibilidade. Tem apurado gosto musical, por exemplo, e amor pela leitura dos clássicos. Algo em comum a gente sempre tem, mesmo com a direita mais empedernida.

Por falar nessa linha política que tanto me agasta, Maíra está tentando me convencer a voltar para o Brasil no inverno português. Sei que ela tem razão por um lado: o frio que vou passar aqui será talvez a maior provação nesse meu tratamento. Se já sinto demais a queda da temperatura no outono, o que será de mim em dezembro? E enquanto isso, no Brasil, o verão vai estar a toda. O que me desanima, de fato, é sair do cantinho que arrumei e que me cabe perfeitamente. Com Adélia sempre ao meu lado, me levantando o moral quando mais preciso.

Quanto à pesquisa sobre o velho João, não sei bem para onde ir. Maíra obteve depoimentos interessantes, embora ligeiros, com os poucos parentes que chegaram a conviver com ele. É inexorável, o tempo levou a maioria. Quem não perdeu a vida perdeu a memória. Já são quase cinquenta anos desde a morte do velho patriarca, mais de oitenta da partida da minha avó. Quem sobrará para lembrar da história? Por que deixei meu pai se ir sem me contar tudo?

Já lá se vão cento e quarenta anos que João Henriques atravessou o Atlântico, provavelmente num navio a vapor, confinado num porão da terceira classe, junto a outros imigrantes pobres que, aos milhares, abraçavam o desconhecido em busca de um futuro melhor. Existem registros desses navios, dessas famílias emigradas de Portugal, dos destinos que tomaram ao chegar. Mas agora, passado o impulso inicial, minha filha não tem como ir mais fundo. Tem mais o que fazer, o que é natural. E eu, daqui dessa cama de onde me levanto com dificuldade pra passar um cafezinho, está cada vez mais emperrada minha pesquisa histórica. Terei tempo?

Acho que vou parar de fazer a quimioterapia e voltar ao projeto inicial: deixar que a doença faça sua parte, que o tempo faça sua parte, que o que tiver que ser seja consumado logo, sem dar mais trabalho a tanta gente boa. A fila anda, é preciso seguir seu caminho. Há filhos a criar, empresas a pôr pra rodar, azeite a tirar, purificar, embalar, distribuir. Ô azeite bom, minha prima! Se tudo der certo, não estarei aqui no verão que vem para ver a roda tornando a girar. Se tudo der errado e eu sobreviver, quero ter um filho e dar a ele o nome de Azeite Puro de Oliveira.

Dizem que me deram o título de cidadão honorário de São Paulo do Muriaé, pois. Dizem que fui importante para o desenvolvimento da cidade, com as cambraias e os panamás que manuseei. Dizem que meu sogro foi um grande homem, e isso não posso negar, pois tudo que fez foi bem feito. Não te lembras de quando a Marocas formou-se professora e passou um tempão naquela fazenda, a ensinar as letras e os números aos filhos dos lavradores? Pois não foi lá o Capitão e a trouxe de volta, já encaminhada para um bom casamento? Pois o Velho era assim: permitia o voo, mas sabia a hora de recolher a linha à pipa.

O amor é uma flor roxa que nasce no coração do trouxa.

E a filha ao pai, o velho professor adepto de uns aperitivos: "Pai, o senhor quando era pequeno tomava água?". Cousas do Aníbal, com seus golos, suas piadas e seus casos engraçados anotados naquelas cadernetas sem fim. Pobre do meu filho. Ó Zezé, vem cá contar uma nova anedota para o velho pai! Ó Aníbal, tens algum novo cúmulo para renovar meu repertório? O cúmulo da rapidez: cuspir do vigésimo andar e descer a escada a tempo de receber o cuspe na testa!

E o senhor quer crer que já há edifícios de vinte andares? No Rio de Janeiro, ah pois, porque aqui no quente Muriaé não chegaram dessas novidades. Pois se os automóveis que andam movidos a gasolina mal acabaram de aportar por aqui, a levantar poeira e saias!

Nossa cidade é pequena, tem a Praça João Pinheiro, o Bazar São Paulo, o Hotel Regina e os Guarinos a dar guarida a viajantes, bem ali em frente à estação do comboio. E temos o colégio das marcelinas, onde as raparigas de casa se formaram professoras, e o Grupo Silveira Brum, onde os rapazes cursaram todo o primário. E temos igrejas e mais igrejas, cheias de fiéis a pedir graças e chorar desgraças, enquanto as beatas recolhem o dado de bom coração. E tem a Barra, o Porto, o Centro, a Armação. E temos as negras e os negrinhos a nos ajudar na lida, a zelar para que a Zélia não fique sem cuidados, saúde frágil a da nossa pobre caçulinha.

Ó Benigna, ó Cristino, não descuideis da menina. Olha que a Zélia e o Zezé ocupam o mesmo berço e o menino já está mais esperto que a pobrezita. Sinhá? Onde estás, Sinhá? Não vês que a freguesia não vai pagar a conta por causa da quebra do café? Tantos alqueires desperdiçados, e dizem que a crise veio do norte, que os americanos mandaram queimar as sacas, que há indivíduos a se suicidarem saltando do vigésimo andar, a tempo de receber o cuspe no coco!

"Já Bocage não sou! À cova escura
Meu estro vai parar desfeito em vento
Eu aos Céus ultrajei! O meu tormento
Leve me torne sempre a terra dura."[13]

"Foi-me alegre o viver, já me é pesado;
Que, do contentamento que sentia,
À minha custa estou desenganado.
Ao regaço da Morte a Dor me guia;
Porém, porque com vida mais me mata,
Dilatando-ma vai de dia em dia.
Manda-me Amor fugir da Morte ingrata
(Pois não sofre limite em vós amor),
Que ele os laços ordena, eles os desata."[14]

Vou com Bocage, vou com Camões, ou de Bocage para Camões vou.

"Camões, grande Camões, quão semelhante
Acho o teu fado ao meu quando os cotejo!
Igual causa nos fez perdendo o Tejo,
Arrostar co'o sacrílego gigante;

Como tu, junto ao Ganges sussurrante,
Da penúria cruel no horror me vejo;
Como tu, gostos vãos, que em vão desejo,
Também carpindo estou, saudoso amante.

Ludibrio como tu da Sorte dura,
Meu fim demando ao Céu, pela certeza
De que só terei paz na sepultura.

Modelo meu tu és, mas... oh, tristeza!...
Se te imito nos transes de Ventura,
Não te imito nos dons da Natureza."[15]

Estava tudo decidido: resolvi acatar o comando de Maíra e voltar pro Brasil levando na algibeira uma carga de ginjinha e a esperança renovada. Adélia iria comigo até Lisboa, me entregaria à companhia aérea com a expressa recomendação de me tratarem como a um velhinho incapaz ou uma criança irresponsável. Já me imaginava mamando nas tetas da aeromoça mais gostosa, quando baixei os pés à terra e me lembrei que, no meu estado de fraqueza, não me sobrou o menor resquício de concupiscência para uma sacanagem à la Emanuelle.

Já o coração, este não tem idade nem juízo. De modo que, no meu último dia em Pinheiro d'Ázere, assim que Adélia entrou pela porta adentro, trazendo flores e sorrisos, em meio a um pé de vento que levantou a toalha da mesa e desfraldou as cortinas, disparei à queima-roupa:

– Dorme comigo a minha última noite antes de deixar o paraíso e voltar ao purgatório?

– Como é, primo João?

– Nem me venha com essa de primo João. Adélia, antes de me levar embora amanhã, dorme comigo esta noite!

– Isso é uma cantada ou uma declaração, João?

– Isso é um apelo do coração. Você sabe, Adélia, que não vai acontecer nada. Não que eu não queira com todas as minhas forças, não que você não seja a mulher mais linda e desejável de todo o Portugal, não que não fôssemos capazes de uma noite de luxúria e de loucura. Mas você sabe melhor que eu, Adélia, que não será hoje que faremos sexo.

– João, o que queres de mim?

– Quero você, Adélia. Não tenho muita vida pela frente, mas a pouca que tenho é sua. Estou em suas mãos, em seus braços. Tudo o que sou hoje é seu escravo.

– Não exageres, meu bom amigo.

– Me chame de amor, Adélia. Você não vê que te amo?

– Posso ver mais que o apelo desesperado de um náufrago?

– Veja o que é, minha amada. Náufrago sim, desesperado não. Te quero, te amo, te desejo, te agradecerei até o fim dos meus dias, mas o que sinto é amor, não é gratidão pela sua compaixão. É o sentimento mais maduro, feliz e pleno que já senti. Dorme comigo? Amanhã você me leva embora e me devolve pra minha filha.

– Durmo contigo, João. E não é por compaixão. Estamos juntos desde que entraste nesta cidade. Creio em ti e na tua recuperação. E tem mais: não vou te entregar aos cuidados dos comissários de bordo. Vou contigo para o Brasil. Passo o verão brasileiro contigo. Quero conhecer tua terra, a cidade onde o velho primo João, teu avô, foi feliz com sua nova família. Quero ir ao encontro do primo Zezé e da prima Mariquita, quero abraçar tua casa, tua neta, teus fantasmas. Quem sabe não é chegada a hora de consertarmos coisas por lá, como o fizemos por cá?

– Amada Adélia!

– Não chores, homem. Espera a noite, espera amanhecer o dia de amanhã. Espera rever tua paisagem.

– Choro, meu amor, choro, não tenho como conter.

E assim chorei e a beijei com parcos, porém os mais doces, beijos que pude. E assim dormimos juntos naquela noite gelada, abraçados em conchinha, com as cabeças coladas sobre os travesseiros de alecrim, como eu vinha sonhando desde a primeira vez em que me aconcheguei no quarto de hóspedes dela, ainda cego demais para ver que enfim conhecera a mulher da minha vida. E assim, de mãos dadas, conduzido pela sua força física e moral, entrei naquele trem, de cuja janelinha acenei pela milésima vez para Sérgio, Helena, Jorge, Amália e Flor. Santa Comba Dão, a terra do ditador, o lugar onde me liberto.

E fomos nós pra Lisboa. Sem forças para um passeio à beira do Tejo, pra uma caminhada aos Jerónimos ou uma subida ao Castelo de São Jorge. Adeus, Alfama, adeus, Chiado, adeus, alma poética e histórica das minhas raízes, capital do meu passado mais longínquo e de um futuro no qual acredito como nunca acreditei em nada nesta minha vida. Assim que o inverno passar, quando a primavera despontar por aqui e o outono der as caras lá pelos trópicos, pretendo estar de volta, mais forte, mais saudável, para subir novamente o Mondego com minha amada e retomarmos o projeto reiniciado. Até lá, sigam recebendo os corações apaixonados e testemunhando o mundo que anda pra frente, sem medo do oceano, sem pena do que ficou pra trás.

Aquela senhora fazendeira, viúva do homem que há anos nos devia o fraque feito para o casamento de sua única filha, cá esteve muito amuada, sem graça, sem coragem de entrar à casa e sem saber para onde olhar. Trazia consigo um criado negro. E ele, nas mãos, um pesado fardo embrulhado em papel grosso. Conheço o embrulho, conheço o papel do embrulho. É do bazar do senhor Plínio, aquele crápula que tanto nos ajudou, que tanto nos prejudicou. Aquela senhora fazendeira pagou-nos a dívida – ou pensa que o fez, pobre viúva – com um corte de linho branco.

Então, eu pergunto ao amigo: o que o senhor acha que vem a ser a honra? Honra o senhor quer crer que seja o título de cidadão desta terra concedido a mim e a outros estrangeiros imigrantes que, como eu, nessas últimas décadas, andam a deitar sobre a cidade suas raízes e as dos seus filhos? É isso a honra que tanto propalam? É honra consumir com a espada guerreira e heroica que o meu honrado sogro teve a honra de conquistar em guerras pelas bandas do Paraguai, sogro este tão português quanto eu, a guerrear pelo Brasil e pelos governantes deste honroso povo?

Ou seria, em vosso inteligente entendimento, honra a educação reta dada por esses imigrantes aos seus filhos brasileiros, como fizemos eu e a minha senhora, Alice, zelosos que sempre fomos em forjar na nossa descendência a consciência honesta, correta, cumpridora dos deveres, temente a Deus e às leis dos homens?

Honra, para mim, o senhor me desculpe o desabafo, é o corte de linho branco que aquela senhora fazendeira e viúva trouxe-me à porta em nome do falecido marido devedor. Ele nunca pagava o que devia. Ela, no entretanto, não dormiria em paz sem limpar a sujeira herdada quando da morte do infeliz. Ela e seu desconforto. Ela e as mãos que não tinha onde pôr. Ela e o negro que a secundava, pesado fardo nos braços ainda escravos.

Cortei os ternos mais chiques para mim e meus três filhos. Posamos para uma fotografia que mandamos aumentar. Mariquita, a pedido meu, fez colocá-la numa moldura de refinado *passe partout*. Penduramo-la na parede da sala, logo abaixo do par de retratinhos meu e da minha finada mulher. Ali exibo a todos nossa honra. Sob o signo do quente verão de Muriaé, onde não se consegue usar um fato escuro entre dezembro e março.

Hoje estou cansado, cansado. Não quero nem tomar a sopa. Acho que o padeiro deve ter deixado o pãozinho quente na janela, mas não vou lá conferir. A cadeira de balanço está tão confortável. O friozinho no pescoço espantei com um cachecol de flanela que a Lola me deu, do qual gosto muito. Meia de lã no pé, a velha chinela de couro a completar o arranjo, pijama fechado na gola para impedir qualquer ventinho. Estou muito cansado. Sinhá! Vem me fazer companhia! Não te faças de rogada, minha velha, que a fresta é estreita e o sol logo se põe. Vem cantarolar comigo uma canção da terrinha. Tenho uma adivinha para te propor. Queres ouvir? Então senta cá ao pé do teu velho que te conto uma outra história. Meu amor.

Fim

(Notas)

1 Todas as trovas do texto foram extraídas de cadernetinhas do Tio Aníbal, que as colecionava sob o título "Trovas que o Papai gostava de falar". Também das cadernetas dele vieram as piadas, charadas e adivinhações proferidas pelo personagem.

2 Os versos são do "Soneto 2", extraído do livro Luís de Camões – lírica (Nova Fronteira, 1992).

3 Descrições e fatos ocorridos na cidade e na família inspirados (e reinventados livremente) nas cartas enviadas por minha avó, Alice, ao seu primogênito, Ulisses, quando ele morava em Carangola, entre 1928 e 1931, ano da morte de Alice.

4 Versos da canção "Barco negro", de David Mourão-Ferreira, Caco Velho e Piratini.

5 Verso da canção "Haja o que houver", de Pedro Ayres Magalhães (Madredeus).

6 Versos do Soneto 4 (...-81), extraído do livro Luís de Camões – lírica (Nova Fronteira, 1992).

7 Versos de Os lusíadas, de Luís de Camões (Contrafolha Editores, 2009).

8 Verso da canção "Haja o que houver", de Pedro Ayres Magalhães (Madredeus).

9 Palavras extraídas de uma carta escrita pela prima Maria Celeste para minha mãe, Nini Arreguy Maia, em janeiro de 1982. Celeste é viúva do primo Dulcídio Henriques e mora em Pinheiro d'Ázere.

10 A descrição do casamento foi extraída de um livreto editado pela família da Tia Marocas, em que ela conta sua vida.

11 Redondilha extraída do livro Luís de Camões – lírica (Editora Nova Fronteira, 1992).

12 Estrofe do soneto "Na doença", extraída do livro Manuel Maria Barbosa du Bocage – poesia (Agir, 1985).

13 Estrofe do Soneto 34 ("Sonetos do cárcere"), do livro Manuel Maria Barbosa du Bocage – poesia (Agir, 1985).

14 Versos da "Elegia 7", do livro Luís de Camões – lírica (Nova Fronteira, 1992).

15 Soneto 16 do livro Manuel Maria Barbosa du Bocage – poesia (Agir, 1985).

Árvore genealógica

Os primeiros irmãos

Joaquim (Quinca) – pai de Adélia

António (casado com Maria da Piedade), pai de António, Francisco, Aurélio, José, Maria e João (casado com Alice e pai de Ulisses, Aníbal, Mariquita, Lola e Zezé)

Francisco (pai de Francisco, casado com Virgínia e pai de Abel, Sérgio e Adélia, mãe de Helena, por sua vez mãe de Flor e Amália)

José

Emília

Júlia

Conceição

Na família de Alice

Capitão Domingos, casado com Elisa, pais de Alice, Heitor, Marocas, Meire, Lila, Terezinha e Pituchinha

Na família de João e Alice

Ulisses, casado com Lídia, pais de 10 filhos

Aníbal

Mariquita

Lola, casada com Sérgio e pais de Neném e Nininha

Zezé, casado com Nini e pais de nove filhos, um dos quais João, pai de Maíra, por sua vez mãe de Stephany

Agradecimentos

– Maurício Gonçalves (pelo registro de João).

– António Henriques Lopes Ribeiro e Maria Fernanda (primos de Portugal, pelo azeite, pela ginjinha, pela aguardente, pelas lembranças, informações, a dica da ecovia Santa Comba–Viseu e pela acolhida calorosa).

– A memória de Dulcídio Henriques Lopes Ribeiro (pelas cartas trocadas com meu pai).

– Celeste Lopes Ribeiro (pelas cartas trocadas com minha mãe).

– Alice Virgínia Ribeiro Turetta, a Nininha (pelas lembranças, fotos e documentos que me conseguiu com generosidade e alegria).

– João Henriques Ribeiro Turetta, o Neném (pelas lembranças).

– Maria Alice Magalhães Ribeiro (pelas lembranças).

– Terezinha, Lila e Pituchinha Maia (pelas lembranças).

– A memória de Alice Maia Ribeiro, a Vovó Sinhá (pelas cartas ao Ulisses).

– A memória de Maria Maia Ribeiro, a Tia Mariquita (pelas cartas de Alice que me deu).

– A memória de Aníbal Maia Ribeiro (pelas cartas e bilhetes ao irmão, Ulisses, e pelas cadernetas com listas, piadas, quadras, jogos de adivinhação etc.).

– A memória de Maria Elisa Madeira Maia, a Tia Marocas (pelo livro contando sua vida).

– A memória de meu pai, José Henriques Maia (pelo pai e pela história que me deu, pelo seu centenário, que me motivou a pesquisar, pelos recadinhos nas bordas das cartas da mãe ao irmão).

– A memória de José Henriques Maia Filho, o Tostão (pelas visitas que me fez por meio de um passarinho que me acompanhou na viagem a Portugal).

– Minha mãe, Maria da Conceição Ávila Arreguy Maia, a Nini (pelas memórias inventadas e pela coleção de fotos).

– Roberto Arreguy Maia, o Beto (pela certidão de casamento dos nossos avós e pela revisão).

– Mário Lúcio Arreguy Maia, o Luca (pelo conceito das memórias inventadas).

– Nilo Sérgio (pelos contatos).

– Dá Pedal (Paulo, Maninho, Goia e Clarice, pela viagem de bicicleta pelo caminho português de Santiago de Compostela, com a estratégica visita a Pinheiro d'Ázere e Santa Comba Dão).

– Heloísa Herdy (pela adesão ao projeto, por mobilizar forças muriaeenses que eu nem supunha existir).

– Maria Lúcia Polastri Castro (pelos documentos obtidos, inclusive com o título de Cidadão Honorário concedido a João Henriques Ribeiro, e pela memória que foi buscar lá longe).

*****

– Ao meu avô João Henriques Ribeiro (para coser é o primeiro/ quando for buscar a roupa/ não se esqueça do dinheiro), que atravessou o Atlântico para nos dar a vida.

Impresso em Chiado Print, Lisboa, Portugal